1

Klick!

Arbeitsheft
Geschichte

Erarbeitet von
Christine Fink
Wolfgang Humann
Andrea Richardy

In der **Cornelsen Lernen App** findest du passend zu deinem Arbeitsheft

- Audios
- Videos
- digitale Hilfen
- interaktive Elemente

Cornelsen

W0208128

So arbeitest du mit diesem Heft

START

Jedes Kapitel beginnt mit einem großen Bild zum Thema.
Du kannst die Bilder genau anschauen und beschreiben, was du siehst.

Das Mittelalter

1 Was erkennt ihr auf dem Bild?

Leben auf der Burg

An vielen Orten in Deutschland gibt es Burgen aus dem Mittelalter. Burgen waren stark befestigt, sie dienten zum Schutz der Bewohner. In einer Burg lebten oft 60 bis 80 Menschen. Hier wohnte die Familie des Burgherrn mit ihren Bediensteten. Menschen arbeiteten im Stall, in Werkstätten oder in der Küche. Die Burgbewohner brauchten Essen und Kleidung. Der Alltag bestand daraus, diese Menschen zu versorgen. Die Ritter bereiteten sich auf den Kampf vor.

74

So sah eine mittelalterliche Burg von innen aus. ▶ Video

2 Bauer Konrad liefert Heu in die Burg. Wie kommt er zu den Ställen?

a) Finde seinen Weg in der Zeichnung.

b) Trage die Zahlen in die Kästchen ein.

Bauer Konrad erreicht mit seinem Wagen die Zugbrücke ☐.

Er muss über die Brücke durch das Burgtor ☐ fahren.

Dann fährt er an dem inneren Burgtor mit Fallgitter ☐ vorbei.

Das innere Burgtor schützt die Kernburg ☐.

Bauer Konrad fährt weiter zu den Ställen ☐.

Dort kann er das Heu für die Tiere abladen.

→ 1. Bergfried 2. Burgtor 3. Fallgitter 4. Kapelle 5. Kemenate 6. Kernburg 7. Palas 8. Schmied 9. Stall, Ställe 10. Zugbrücke

▶ Methoden zum Nachschlagen Seite 93

3 Welche Gebäude befanden sich in der Kernburg?
Finde heraus, was die folgenden Begriffe bedeuten: Bergfried, Kemenate, Palas.

75

Du kannst dein Vorwissen zum Thema sammeln:

- Was habe ich über das Thema schon gehört oder gelesen?

Du kannst Fragen zu dem Thema formulieren:

- Was interessiert mich besonders am Thema?
- Worüber möchte ich noch mehr erfahren?

INHALT

Auf den Inhaltsseiten informierst du dich über das Thema.

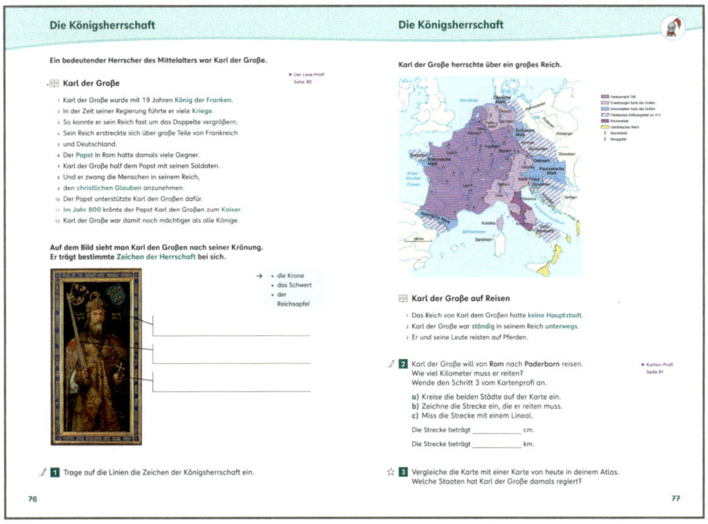
Die Königsherrschaft

Ein bedeutender Herrscher des Mittelalters war Karl der Große.

▶ Der Lese-Profi Seite 90

Karl der Große

Karl der Große wurde mit 19 Jahren König der Franken. In der Zeit seiner Regierung führte er viele Kriege. So konnte er sein Reich fast um das Doppelte vergrößern. Sein Reich erstreckte sich über große Teile von Frankreich und Deutschland. Der Papst in Rom hatte damals viele Gegner. Karl der Große half dem Papst mit seinen Soldaten. Und er zwang die Menschen in seinem Reich, den christlichen Glauben anzunehmen. Der Papst unterstützte Karl den Großen dafür. Im Jahr 800 krönte der Papst Karl den Großen zum Kaiser. Karl der Große war damit noch mächtiger als alle Könige.

Auf dem Bild sieht man Karl den Großen nach seiner Krönung. Er trägt bestimmte Zeichen der Herrschaft bei sich.

→ • die Krone • das Schwert • der Reichsapfel

1 Trage auf die Linien die Zeichen der Königsherrschaft ein.

76

Die Königsherrschaft

Karl der Große herrschte über ein großes Reich.

Karl der Große auf Reisen

Das Reich von Karl dem Großen hatte keine Hauptstadt. Karl der Große war ständig in seinem Reich unterwegs. Er und seine Leute reisten auf Pferden.

2 Karl der Große will von Rom nach Paderborn reisen.
Wie viel Kilometer muss er reiten?
Wende den Schritt 3 vom Kartenprofi an.

a) Kreise die beiden Städte auf der Karte ein.
b) Zeichne die Strecke ein, die er reiten muss.
c) Miss die Strecke mit einem Lineal.

Die Strecke beträgt ________ cm.

Die Strecke beträgt ________ km.

▶ Karten-Profi Seite 91

3 Vergleiche die Karte mit einer Karte von heute in deinem Atlas.
Welche Staaten hat Karl der Große damals regiert?

77

Bilder, Texte, Schaubilder oder Karten stellen das Thema dar.

Einige Texte kannst du dir **in der App** auch anhören: ▶ Audio

Einige Bilder werden **in der App** in einem Film erklärt: ▶ Video

So arbeitest du mit diesem Heft

Diese Zeichen findest du vor den Aufgaben. Das bedeuten sie:

Sehen	Klassengespräch	Diese Aufgaben sind etwas kniffliger.
Sprechen	Ankreuzen	Zu zweit arbeiten
Lesen	Verbinden	In der Gruppe arbeiten
Schreiben	Hand	Mit digitalen Medien arbeiten

AKTIV!

Auf den **Aktiv-Seiten** kannst du etwas tun oder ausprobieren. Hier findest du Angebote zum Spielen, Basteln oder etwas Neues zu erkunden.

METHODE

Auf den **Methoden-Seiten** lernst du, wie du etwas tun kannst. In kleinen Schritten lernst du eine Befragung oder eine Erkundung durchzführen. Du lernst, wie man eine Geschichtskarte liest oder ein Modell baut.

DAS KANN ICH!

Auf diesen Seiten prüfst du, ob du alles verstanden hast. Du kannst dein Wissen testen und deinen Wortschatz erweitern. Du kannst auch **in der App** die „Teste dich!“ Übungen ausprobieren.

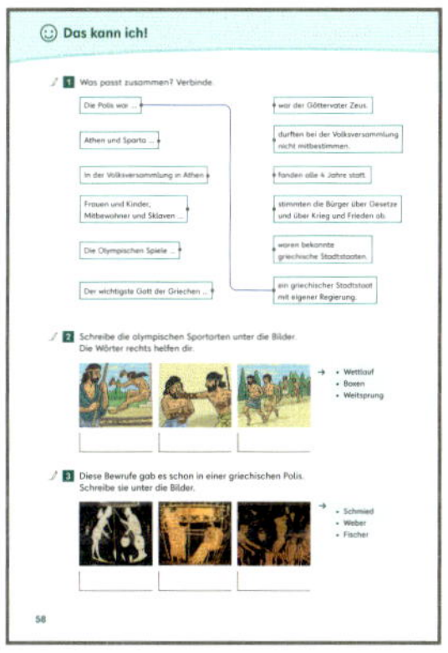

Wir wünschen dir viel Erfolg beim Lernen mit deinem neuen Klick! Arbeitsheft!

Inhaltsverzeichnis

Was ist Geschichte?

um 1946

1950

1962

1966

1972

2023

Jeder Mensch hat seine eigene Geschichte.
Jeder Tag, der vergangen ist, gehört dazu.

1 Sieh dir die Bilder an.

a) Wer ist auf dem Bild zu sehen?

b) Wie alt ist die Person auf dem Bild?

c) Was kannst du sonst auf den Bildern erkennen?

2 Ordne den Jahreszahlen die passenden Wörter zu.

1946: ______________ 1966: ______________

1950: ______________ 1972: ______________

1962: ______________ 2023: ______________

→ das Kleinkind
die Schülerin
die junge Frau
die Hochzeit
die Mutter
die Oma

Diese Bilder erzählen eine andere Geschichte.

Ben ist Schüler der Klasse 5b. Er erzählt uns.

Ich wurde 2012 geboren. 2016 kam meine Schwester Alina zur Welt. Mit sechs Jahren kam ich in die Schule, das war im Jahr 2018. Zu meinem 10. Geburtstag bekam ich einen kleinen Hund, Bello. 2023 wechselte ich auf die Don-Bosco-Schule. Hier in der Fußball-AG habe ich Karim kennengelernt. Seitdem sind wir beste Freunde.

3 Man kann Ereignisse in einer Zeitleiste darstellen. Trage die Ereignisse aus dem Text von Ben in die Zeitleiste ein.

→ Geburt von Ben
Geburt von Alina
der Schulwechsel
die Einschulung
einen Hund bekommen

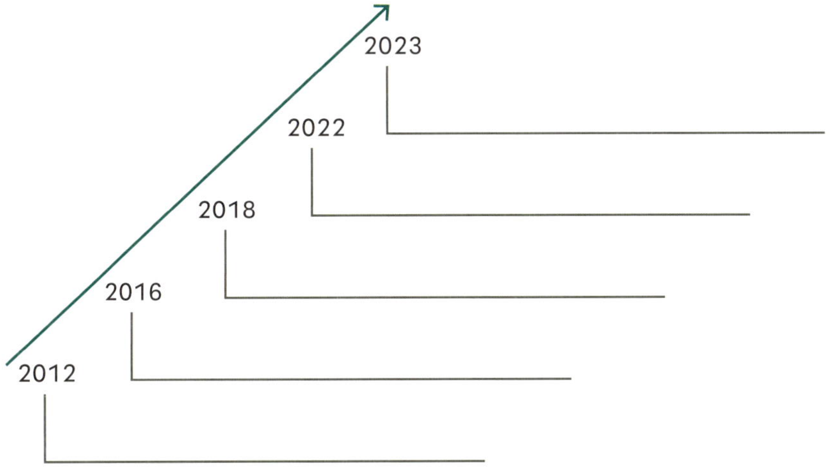

4 Auch du kannst deine eigene „Lebensgeschichte" gestalten. Suche dazu Fotos von dir und von deiner Familie. Frage zuerst zu Hause, ob du die Bilder in die Schule mitnehmen darfst.

Geschichte in der Familie entdecken

Murat möchte wissen, wie das war, als seine Familie nach Deutschland kam. Er befragt seinen Opa.

Auch Nina möchte mehr über ihre Familie wissen. Ihre Großeltern wohnen leider weit weg, deswegen befragt sie ihre Mutter. Nina hat sich auch einige Fragen überlegt.

- Wo hast du als Kind gelebt?
- Wie war deine Schulzeit?
- Was hast du nachmittags oder am Wochenende gemacht?
- Was war damals anders als heute?

(...)

Auch du kannst deine Eltern oder Großeltern über die Geschichte der Familie befragen. Sie können viel über die Vergangenheit erzählen.

Geschichte in der Familie entdecken

Die folgenden Schritte helfen dir, eine Befragung durchzuführen.

Eine Befragung durchführen

1. **Die Vorbereitung**
   Ich überlege, wen ich aus der Familie befragen könnte.
   Ich überlege, was ich erfahren möchte, und notiere meine Fragen.
2. **Die Durchführung**
   Ich frage höflich, ob die Person Zeit für mich hat.
   Ich stelle meine Fragen und höre aufmerksam zu.
   Ich notiere in Stichworten, was die Person erzählt.
3. **Zum Schluss**
   Ich bedanke mich für das Gespräch.

Jetzt bist du dran! Bereite eine Befragung vor. ▶ Audio

1 Wen kannst du befragen? Schreibe auf.

____

2 Welche Fragen möchtest du stellen?
Notiere hier deine Fragen.

→ Wie war es ...?
Wo war es ...?
Wann war es ...?

1. ______________________________
2. ______________________________
3. ______________________________
4. ______________________________

3 Was möchtest du über die Geschichte deiner Familie erfahren?

Ich möchte wissen, ob ______________________________

Ich möchte erfahren, wie / wann ... ______________________________

____

Zeit und Geschichte verstehen

Im Fach Geschichte beschäftigen wir uns mit der Vergangenheit.

Was war früher?

Menschen, die sich beruflich mit der Geschichte beschäftigen, nennt man **Historiker**. Historiker unterteilen die Zeit in Abschnitte. Diese Abschnitte nennt man **Zeitalter**.

In der **Urgeschichte** entstanden die ersten Menschen. In der **Frühgeschichte** wurden die Pyramiden in Ägypten gebaut. Das **Altertum** war der Zeit der Griechen und Römer. In dem **Mittelalter** lebten die Ritter. In der **Neuzeit** lebt der heutige Mensch.

→
- das Altertum
- die Frühgeschichte
- das Mittelalter
- die Neuzeit
- die Urgeschichte

1 Trage die Namen der Zeitalter in die Grafik ein.

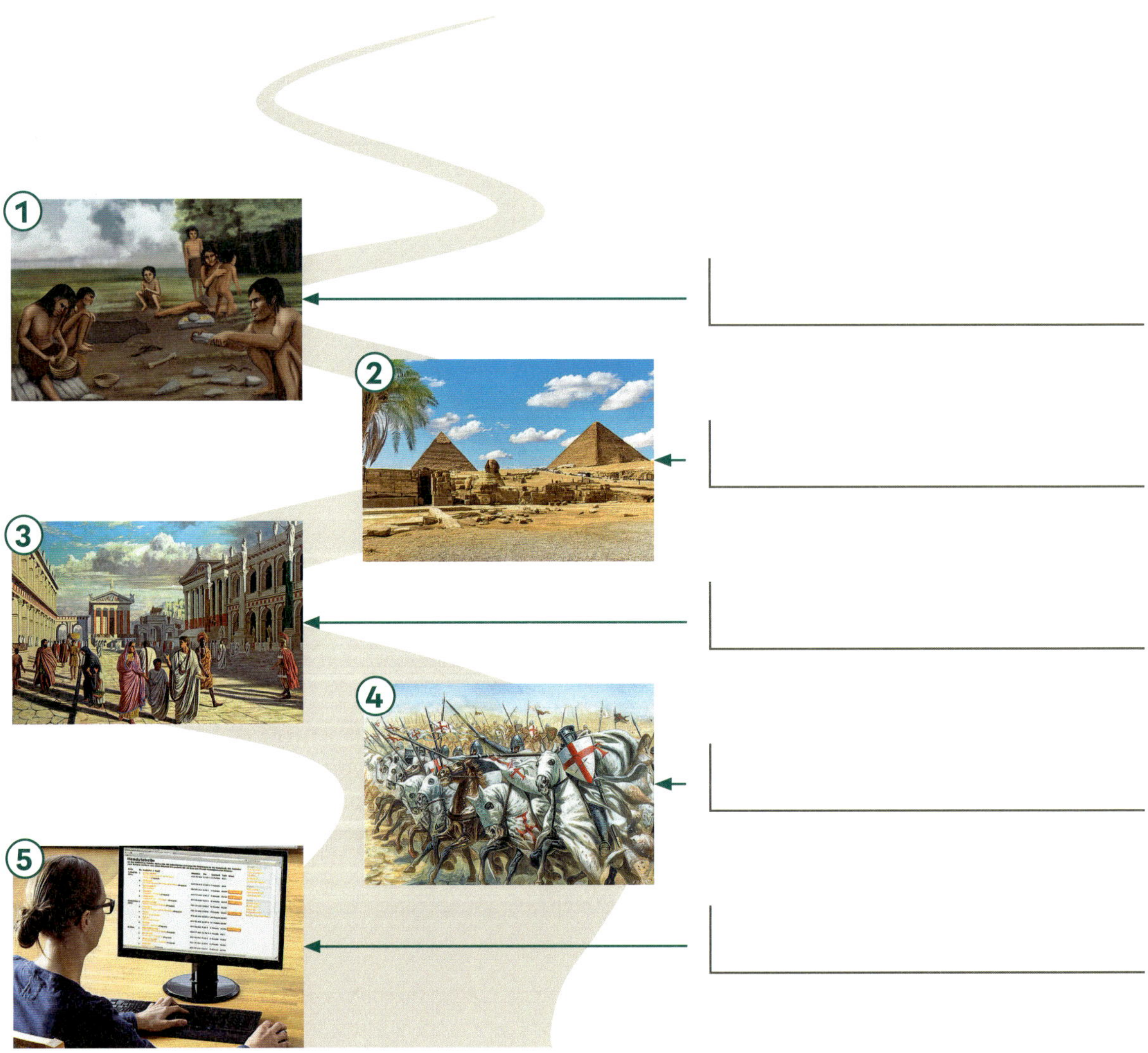

Zeit und Geschichte verstehen

2 Ergänze die Sätze. Die Bilder auf der linken Seite helfen dir dabei.

→ heutige Mensch
Menschen
Pyramiden
Römer
Ritter

In der Urgeschichte entstanden die ersten ________________.

In der Frühgeschichte wurden die ______________ in Ägypten gebaut.

Das Altertum war die Zeit der Griechen und ______________ .

In dem Mittelalter lebten die ______________ .

In der Neuzeit lebt der ____________________ .

3 Was wurde früher benutzt? Was gibt es heute? Sortiere diese Dinge in die Tabelle ein.

→ das Auto
der Brunnen
die Glühbirne
die Kerze
die Kutsche
der Wasserhahn

früher	heute
____________	____________
____________	____________
____________	____________
____________	____________
____________	____________

4 Ergänzt die Tabelle mit eigenen Beispielen.

▶ Video

Aktiv: Einen Geschichtsfries erstellen

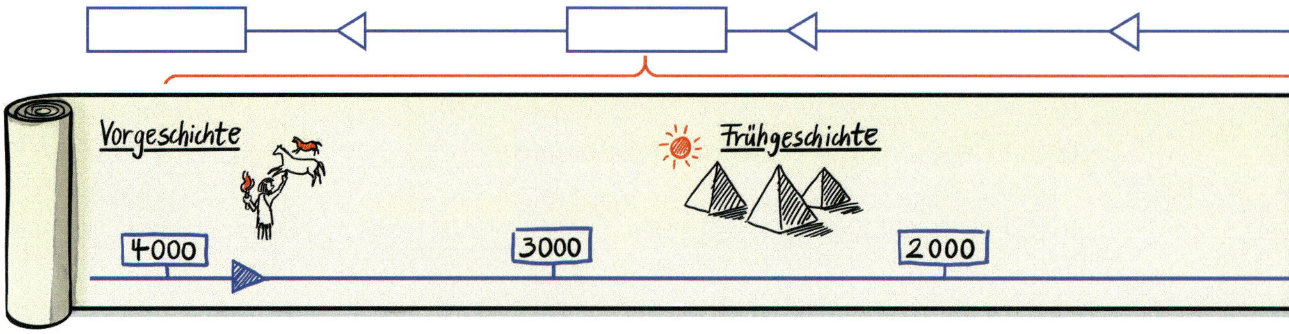

Ein Geschichtsfries besteht aus einer Zeitleiste und Bildern.
Auf einem Geschichtsfries könnt ihr viel sehen.

1 Seht euch die Abbildung an. Beantwortet die Fragen.
- Wann wurden die Pyramiden gebaut?
- Wann gab es Ritter?

2 Seht euch die Zeitleiste genau an.
- Was steht links vor der Null?
- Was steht rechts nach der Null?

Die Jahreszahlen auf der Zeitleiste sind so geordnet:
Von links nach rechts sinken die Zahlen bis zu der 0.
Ab der 0 wachsen die Zahlen wieder.
Warum ist das so?

3 Wende die Schritte [1] und [2] vom Lese-Profi an.

▶ Der Lese-Profi Seite 90

Unsere Zeitrechnung

Der **Festpunkt**, von dem aus gezählt wird, ist die **Geburt von Jesus Christus**. Die Jahre davor nennen wir „**vor Christi Geburt**“. Die Jahre danach nennen wir „**nach Christi Geburt**“. Diese Zeitrechnung ist heute auf der Welt weit verbreitet.

4 **a)** Was habt ihr über unsere Zeitrechnung erfahren?
b) Kennt ihr vielleicht auch andere Zeitrechnungen?

Aktiv: Einen Geschichtsfries erstellen

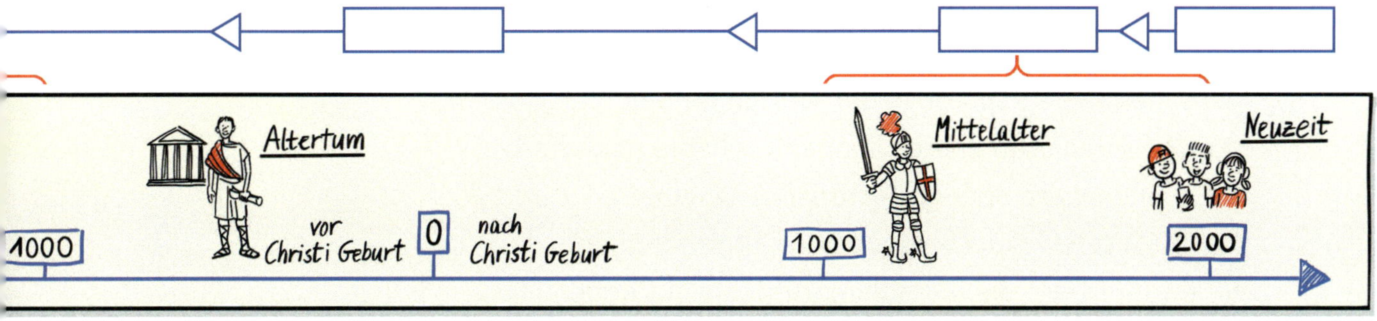

Einen Geschichtsfries könnt ihr auch für eure Klasse herstellen.

Ihr braucht:

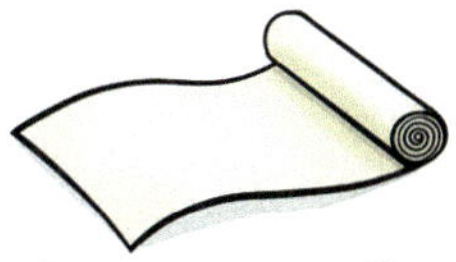
eine Tapetenrolle

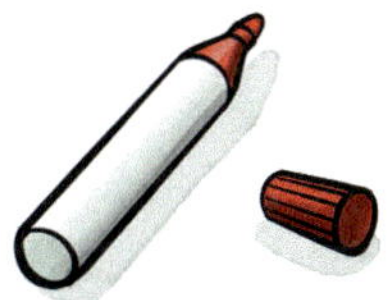
einen dicken Filzstift

ein Maßband

So könnt ihr eine Zeitleiste herstellen.

- Rollt die Tapetenrolle auf dem Boden aus.
  Messt 8 Meter ab. Schneidet hier die Tapete ab.
- Messt von der rechten Seite 1 Meter ab. Macht hier einen Strich. Messt weiter 1 Meter ab und macht einen Strich. Geht weiter so vor, bis ihr die ganze Tapete eingeteilt habt.
- Schreibt nun die Jahreszahlen über die Striche:
  2000, 1000, und 0; nach der 0: 1000, 2000, 3000, 4000

So könnt ihr euren Geschichtsfries gestalten.

- Schreibt über die Zeitleiste vor die 0: „vor Christi Geburt“.
  Schreibt nach der 0: „nach Christi Geburt“.
- Tragt die Zeitalter in der richtigen Reihenfolge ein.
- Sucht Bilder in Zeitschriften oder im Internet zu den Zeitaltern oder malt Bilder dazu. Schneidet die Bilder aus.
- Ordnet eure Bilder zu den passenden Zeitaltern.
  Klebt die Bilder auf.

→ Urgeschichte
Frühgeschichte
Altertum
Mittelalter
Neuzeit

Den Geschichtsfries könnt ihr im Klassenzimmer aufhängen.
Zu neuen Themen könnt ihr den Fries mit neuen Bildern ergänzen.

Woher wissen wir, was früher war?

Menschen haben **Spuren** in **der Vergangenheit** hinterlassen. Manche von diesen Spuren können wir heute noch finden. Wir nennen diese Spuren „**historische Quellen**“. Die historischen Quellen geben uns Informationen: Wir erfahren, wie die Menschen früher gelebt haben. Dazu werden diese Quellen genau untersucht.

So können historische Quellen aussehen:

→ das Interview
das Foto
die Erzählung
das Gemälde
der Brief
das Gebäude
die Zeitung
die Vase
die Münzen

1 Was siehst du auf den Bildern? Schreibe zu jedem Bild eine passende Bildunterschrift. Benutze die Wörter aus der Randspalte.

Spuren der Vergangenheit – die Quellen

Wir kennen verschiedene Arten von Quellen.

Die historischen Quellen

▶ Der Lese-Profi Seite 90

Alles, was wir von der Vergangenheit wissen, erfahren wir aus Quellen. Das kann zum Beispiel **eine Münze** sein. Manchmal finden wir alte römische Münzen. Dann wissen wir, dass römische Soldaten oder Kaufleute hier waren. So eine Quelle nennen wir **Sachquelle**.

Ein altes Bild ist für uns eine **Bildquelle**. Bildquellen können **Gemälde** oder auch **alte Fotos** sein. Auf diesem Foto sehen wir, wie Kinder damals gekleidet waren.

Auch in früheren Zeiten haben Menschen etwas aufgeschrieben. Es können alte **Zeitungen, Bücher** oder **Briefe** sein. Sie berichten uns etwas über das Leben zu dieser Zeit. Das sind **Schriftquellen**.

Wir können auch **ältere Menschen** befragen. Sie **erzählen** uns, was sie selbst erlebt haben. Solche Menschen nennen wir **Zeitzeugen**.

2 Ordne die verschiedenen Quellen in die Tabelle ein.

Bildquelle	Schriftquelle	Sachquelle	mündliche Quelle

3 Ihr könnt die Tabelle auch mit eigenen Beispielen ergänzen.

▶ Quiz

Das kann ich!

1 Sieh dir die Bilder an. Schreibe das passende Zeitalter unter das Bild.

→ das Mittelalter
das Altertum
die Neuzeit
die Frühgeschichte

2 Ergänze die Sätze mit den passenden Wörtern.

Unsere Zeit nennen wir die ______________.
(Neuheit/Neuzeit)

Jeder Mensch hat seine eigene __________________.
(Gedichte/Geschichte)

Wie es früher war, erfahren wir aus verschiedenen ______________.
(Quellen/Qualen)

Alte Briefe nennen wir __________________________. Gegenstände,
(Schriftquellen/mündliche Quellen)

die uns etwas über die Vergangenheit erzählen, heißen ______________________.
(Suchquellen/Sachquellen)

Das kann ich!

3 Kreuze an: richtig oder falsch? Verbessere die falschen Aussagen.

	richtig	falsch
Die Urgeschichte ist der ~~kürzeste~~ *längste* Zeitabschnitt in der Geschichte der Menschheit.	☐	☒
Burgen und Ritter gab es im Mittelalter.	☐	☐
Jede Familie hat ihre Familiengeschichte.	☐	☐
Ein Fahrzeug ist ein Beispiel für eine Bildquelle.	☐	☐
Eine alte Zeitung ist eine Sachquelle.	☐	☐
Ein altes Foto ist eine Bildquelle.	☐	☐

4 Was interessiert dich an Geschichte am meisten? Schreibe auf.

____

____

Meine Wörter

▶ Teste dich!

Nomen	Verben	Adjektive
die Geschichte	befragen	alt
die Vergangenheit	leben	jung
die Jahreszahl, die Jahreszahlen	hinterlassen	historisch
das Jahrhundert, die Jahrhunderte	finden	geschichtlich
der Historiker, die Historikerin	forschen	früh, früher
das Zeitalter, die Zeitalter	ansehen	spät, später
die Urgeschichte	lesen	kurz, kürzer
das Altertum	anfassen	lang, länger
das Mittelalter	erzählen	
die Neuzeit	unterteilen	
die Quelle, die Quellen		

Überleben in der Urgeschichte

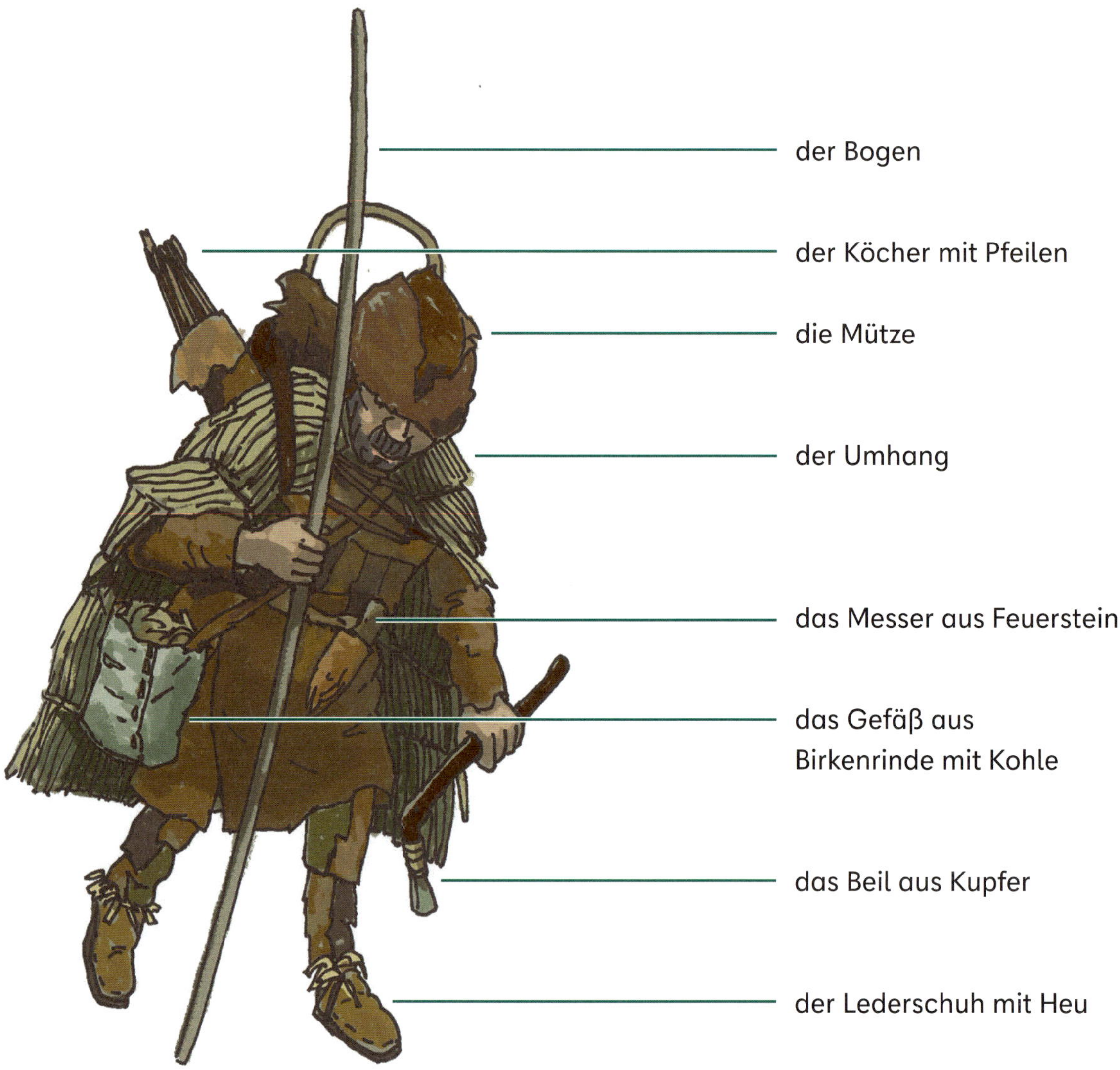

1 Beschreibt das Bild.

- Wie ist der Mann gekleidet?
- Welche Gegenstände hat er bei sich?

2 Lies den Text.

Der Mann aus dem Eis

Im Jahr 1991 fanden Wanderer eine **Leiche** im **Eis**. Es war ein **Mann**. Er lag im **Ötztal in den Alpen**. Deshalb nennen wir den Toten „**Ötzi**“.

Er war etwa **40 Jahre alt**. „Ötzi“ lebte vor ungefähr 5300 Jahren. Seine **Kleidung** schützte ihn gut vor der Kälte. In seinem Rücken steckte eine **Pfeilspitze**. An seinem **Kopf** hatte „Ötzi“ eine **Wunde**. Forscher **vermuten**, dass er von anderen Menschen **getötet** wurde.

3 Ergänze die Sätze mit den passenden Wörtern.

Der Kopf von „Ötzi“ ist mit einer Mütze ________ bedeckt.

Er trägt um die Schultern einen ______________.

Seine Lederschuhe sind mit __________ausgestopft.

Er trägt Waffen.

In der linken Hand hat er einen __________________.

Auf dem Rücken trägt er einen ______________________________.

In seiner rechten Hand hält er ein __________________.

Am Gürtel ist ein ____________________________________.

Vielleicht __________________ er Tiere.

Oder er muss sich gegen Feinde __________________________.

→
- Heu
- verteidigen
- jagt
- Bogen
- Köcher mit Pfeilen
- Beil aus Kupfer
- Messer aus Feuerstein
- ~~Mütze~~
- Umhang

4 Erzählt wie ihr euch das Leben von „Ötzi“ vorstellt.

Die Entwicklung des Menschen

1 Lies den Text. Wende dabei den Lese-Profi an.

▶ Der Lese-Profi Seite 90

Der Mensch in der Urzeit

Vor langer Zeit entstanden die **ersten Menschen**. Wir nennen sie **Urmenschen**. Sie waren uns schon ähnlich. Aber sie sahen doch anders aus als wir. Die Urmenschen waren am ganzen Körper behaart.

Sie **entwickelten** sich weiter. Die Urmenschen benutzten schon **einfache Werkzeuge und Waffen**. Aus Stein stellten sie **Faustkeile** her. Faustkeile waren **Waffen** und gleichzeitig **Werkzeuge**. Langsam lernten die Urmenschen, **aufrecht** zu **gehen**. Und sie konnten mit dem **Feuer** umgehen. Die Urmenschen konnten schon **sprechen**. Im Laufe der Zeit **erfanden** sie **immer bessere Werkzeuge und Waffen**.

2 Erzähle, was du über die Menschen in der Urzeit erfahren hast.

Die Entwicklung des Menschen

3 Ordne jedem Bild einen Satz zu.
Schreibe die Sätze unter die Bilder.

- Menschen können aufrecht gehen.
- Menschen können mit Feuer umgehen.
- Menschen haben ein großes Gehirn und können sprechen.
- Menschen erfinden immer bessere Werkzeuge und Waffen.

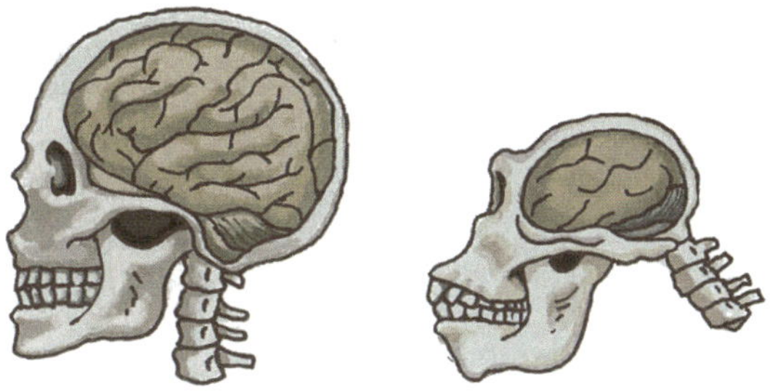

4 Was weißt du jetzt über die Entwicklung des Menschen?

Die Altsteinzeit

1 Beschreibt die Bilder.

2 Lies den Text.

▶ Der Lese-Profi Seite 90

Jäger und Sammler

Die Menschen in der **Altsteinzeit** lebten von der Jagd und vom Sammeln. **Werkzeuge** und **Waffen** waren meist aus Holz und **Stein**. Sie jagten Mammuts, Wisente, Rentiere und andere Tiere. Sie sammelten Früchte, Pilze, Wurzeln oder Schnecken. Die Menschen wohnten in **Zelten** aus Tierfellen. Nach einer Weile fanden sie oft keine Tiere mehr zum Jagen. Und es gab vielleicht auch zu wenig zum Sammeln. Dann **zogen** die **Jäger** und **Sammler weiter**. Menschen, die nur für kurze Zeit an einem Ort bleiben und dann weiterziehen, nennt man **Nomaden**.

3 Wie wohnten die Menschen?

Die Menschen wohnten in ______________________________

4 Nenne zwei „Berufe“ aus der Altsteinzeit.

______________________ ______________________

5 Wie verschafften sich die Menschen Nahrung?

____

____

6 Wie nennt man Menschen, die nur kurze Zeit an einer Stelle leben, und dann weiterziehen?

____

7 Schreibe die Wörter aus der rechten Spalte in die Lücken.

So nutzten die Menschen die gejagten Tiere

Die Urmenschen nutzten alles von den gejagten Tieren.

Das Fleisch war für sie ______________.

Aus den Fellen stellten sie ______________ her.

Die Knochen und Geweihe verarbeiteten sie zu

______________________.

Die Därme und Sehne verwendeten sie als

______________________.

Kleine Knochen und Fischgräten benutzten sie als

______________________.

→

- Nadeln
- Waffen und Werkzeuge
- Kleidung und Zelte
- Nahrung
- Schnüre, Garne und Bogensehnen

Aktiv: Wir malen Höhlenbilder

1 Beschreibt die Bilder.

2 Was wisst ihr schon über Höhlenbilder von Urzeitmenschen?

Hier malen Kinder selbst ein Höhlenbild.

3 Lies den Text.

Die **Steinzeitmenschen** haben in **Höhlen** Bilder an die Wände gemalt. Auf den Bildern waren oft **Tiere** dargestellt. Die Steinzeitmenschen **jagten** diese Tiere. Sie glaubten, dass die Bilder ihnen **Glück** bei der Jagd bringen.

Aktiv: Wir malen Höhlenbilder

Solche Höhlenbilder könnt ihr auch selbst malen.

Ihr braucht dazu:

- Tapetenkleister
- ein Stück Holz zum Umrühren
- einen Eimer
- etwas Erde
- Zeitungspapier
- große Pappbögen oder Sperrholzplatten
- Naturfarben zum Selbstanrühren oder Wasserfarben
- Pinsel oder Stöckchen

So geht ihr vor:

1. Rührt den Tapetenkleister in dem Eimer an.
2. Vermischt die Erde mit dem Kleister.
3. Zerreißt das Zeitungspapier in kleine Stücke.
4. Vermischt das Zeitungspapier mit dem Kleister.
5. Klebt es auf die Pappe und lasst es trocknen.

4 Bemalt die Oberfläche grau oder braun. Jetzt habt ihr eine Felswand.

Nun könnt ihr darauf euer Höhlenbild malen.
Ihr könnt die Höhlenbilder oben abmalen.
Vielleicht habt ihr auch eigene Ideen.

☆ **5** Finde mehr Informationen über Höhlenbilder in einem Sachbuch oder im Internet. Gib das Wort "Höhlenmalerei" in das Suchfeld ein.

▶ Methoden zum Nachschlagen Seite 93

Die Jungsteinzeit

1 Beschreibe die Bilder.

2 Lies den Text.

Ackerbauern und Viehzüchter

▶ Der Lese-Profi Seite 90

Vor etwa 11500 Jahren begann die **Jungsteinzeit**. Die Menschen bauten nun feste **Häuser**. In diesen Häusern lebten sie viele Jahre. Es entstanden kleine Dörfer.

Die Menschen waren **Viehzüchter**. Sie hielten und züchteten Tiere: Rinder, Schweine, Schafe und Ziegen. Die Menschen konnten die Tiere **melken** oder **schlachten**. Hunde halfen beim Hüten der Tiere.

Die Menschen waren auch **Ackerbauern**. Sie bauten **Getreide** und **Früchte** an. Dazu benutzten sie **Geräte**. Tiere halfen ihnen auch bei dieser Arbeit. Die Menschen zogen nicht mehr umher. Sie wurden **sesshaft**. Für den Winter legten sie **Vorräte** an.

3 Wie wohnten die Menschen?

Sie wohnten in ____________________

____

4 Nenne zwei „Berufe“ aus der Jungsteinzeit.

____________________ ____________________

5 Wie verschafften die Menschen sich Nahrung?

____

____

6 Die Menschen in der Jungsteinzeit zogen nicht mehr umher.

Sie blieben an einem Ort. Sie wurden ____________________.

7 Die Menschen hatten neue Ideen, um sich die Arbeit zu erleichtern. ▸ Quiz
Sie erfanden Geräte. Ordne die Wörter rechts den Bildern zu.

→ der Pflug
Menschen ziehen einen Pflug
der Grabstock
Ochsen ziehen einen Pflug

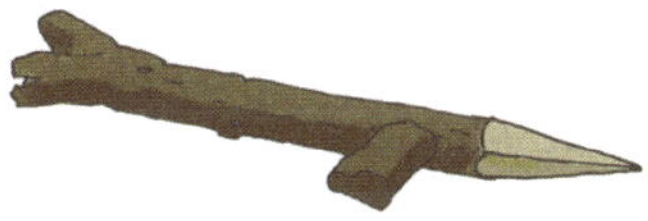

____

____

____

____

____

____

1 Beschreibe die Bilder.

2 Lies den Text.

Die Menschen nutzen Metall

▶ Der Lese-Profi Seite 90

Vor etwa **6000 Jahren** stellten die Menschen Metall her. Metalle sind besser zu verarbeiten als Stein. Aus Metall kann man feinere **Gegenstände herstellen**.

Man gewinnt Metall aus **Erz**. **Bergmänner** holten das **Erz aus der Erde**. **Schmiede** schmolzen das Erz und bearbeiteten das Metall zu **Waffen**, **Werkzeugen** oder **Schmuck**. **Händler** kauften und verkauften die **Waren**.

Das Metall Kupfer ist weich. Es verformt sich schnell. Wenn man **Kupfer** mit **Zinn** mischt, entsteht Bronze. **Bronze** ist ein härteres Metall. Später stellte man ein noch härteres Metall her: das **Eisen**. Deshalb spricht man auch von der **Bronzezeit** und von der **Eisenzeit**.

! Kupfer und Zinn ergibt Bronze.

3 In den Bildern siehst du Zahlen.
Schreibe die Sätze in der richtigen Reihenfolge auf.

- Zum Schluss gießt der Schmied das flüssige Metall in eine Form.
- Zuerst erhitzen Bergmänner die Felswände mit Feuer. Dann kühlen sie die Felswände mit Wasser ab.
- Träger bringen die Steinbrocken nach oben.
- Andere Bergmänner schlagen Steinbrocken aus den Felswänden.
- Ein Schmied erhitzt das Erz. Das flüssige Metall fließt heraus.
- Die Steinbrocken werden zerkleinert und das Erz wird vom Stein getrennt.

1. *Zuerst erhitzen* ______________________
2. ______________________
3. ______________________
4. ______________________
5. ______________________
6. *Zum Schluss gießt* ______________________

4 Nenne drei neue Berufe aus der Metallzeit.

______________ ______________ ______________

5 Ergänze:

Kupfer und ______________ *ergibt* ______________.

→ Bronze
Zinn

Das kann ich!

1 Schreibe die Wörter unter die passenden Bilder im Zeitstrahl:

→ Metallzeit, Ötzi, Jungsteinzeit, Altsteinzeit

vor 11500 Jahren

2 Ergänze die Sätze mit passenden Wörtern.

→ festen Häusern
Jäger und Sammler
Nomaden
Ackerbauern und Viehzüchter
Zelten
sesshaft

Die Altsteinzeit

Die Menschen waren ______________________________.

Sie lebten in ______________________________.

Sie zogen umher und waren ______________________________.

Die Jungsteinzeit

Die Menschen waren ____________________

Sie lebten in ____________________.

Sie waren ____________________.

☺ Das kann ich!

____________	____________	
vor 6000 Jahren	vor 5300 Jahren	Gegenwart

3 Nenne drei Berufe aus der Metallzeit.

____________ ____________ ____________

Meine Wörter

▶ Teste dich!

Nomen	Verben
der Ackerbauer / die Ackerbäuerin die Altsteinzeit die Jungsteinzeit die Metallzeit die Bronze >> die Bronzezeit der Faustkeil, das Feuer die Höhle, das Höhlenbild der Nomade / die Nomadin, der Jäger / die Jägerin der Sammler / die Sammlerin, der Viehzüchter / die Viehzüchterin, das Werkzeug	bauen bearbeiten erfinden gießen herstellen jagen pflügen sammeln schmelzen umherziehen verkaufen züchten
Adjektive	**Redemittel**
aufrecht (der aufrechte Gang) erfinderisch hoch / niedrig entwickelt geschickt, intelligent primitiv, kreativ sesshaft wild	aufrecht gehen das Feuer benutzen sich vor Kälte schützen sich Nahrung beschaffen Tiere (das Vieh) züchten Getreide und Früchte anbauen Vorräte anlegen, sesshaft werden

Das alte Ägypten

1 Beschreibe das Bild. Was machen die Menschen?

2 Was wisst ihr schon über das alte Ägypten?
Sammelt eure Ideen in einem Cluster.

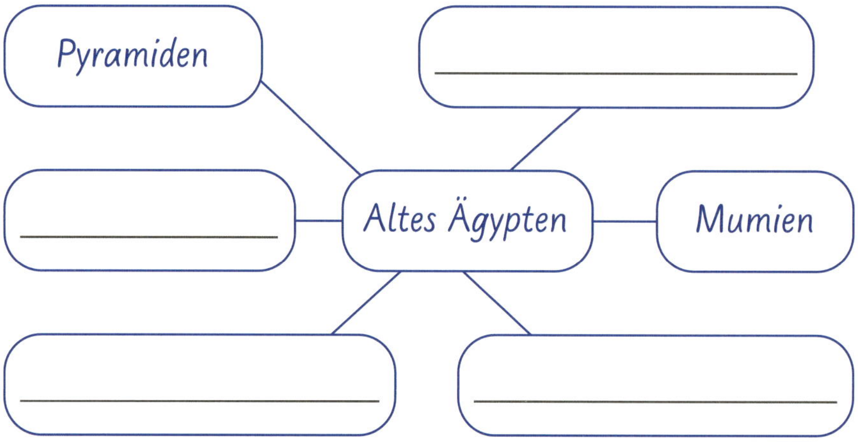

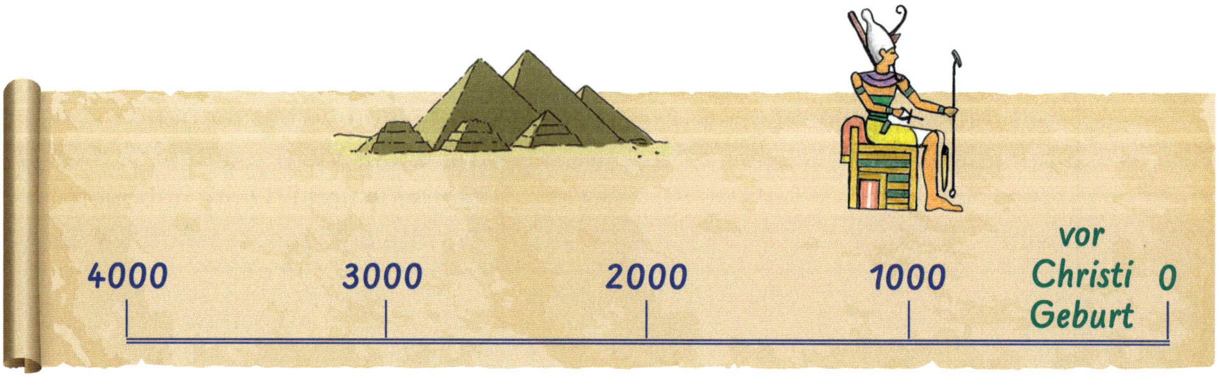

Pyramiden und Mumien

1 Die Ägypter glaubten an **ein Leben nach dem Tod**.
2 Priester haben die Körper der Toten **mumifiziert**.
3 Die Priester **umwickelten** den toten Körper **mit Tüchern**.
4 Dann legten sie die **Mumie** in einen **Sarg**.
5 Die **Pyramiden** waren die Gräber der **Pharaonen**.

3 Löse das Rätsel über die Pyramiden. Die Buchstaben in Klammern ergeben ein Lösungswort.

Die größte und bekannteste Pyramide in Ägypten ist

die ______________________________. ☐

Sie ist über ______________________________ alt. ☐

Sie ist ______________________ hoch. ☐

Viele Arbeiter und Sklaven arbeiteten ________________ lang

am Bau der Pyramide. ☐

Zu manchen Zeiten halfen _________________ Menschen beim Bau. ☐

→ 4500 Jahre (U)
20 Jahre (I)
146 Meter (M)
Cheops-Pyramide (M)
20 000 (E)

Das Lösungswort lautet: _ _ _ _ _ .

4 Sieh dir das Bild an.
Du kannst dazu auch ein Video in der App ansehen.

▶ Video

5 Trage die passenden Nummern in die Kästchen im Bild ein.

1: der Priester
2: die Mumie
3: der Sarg

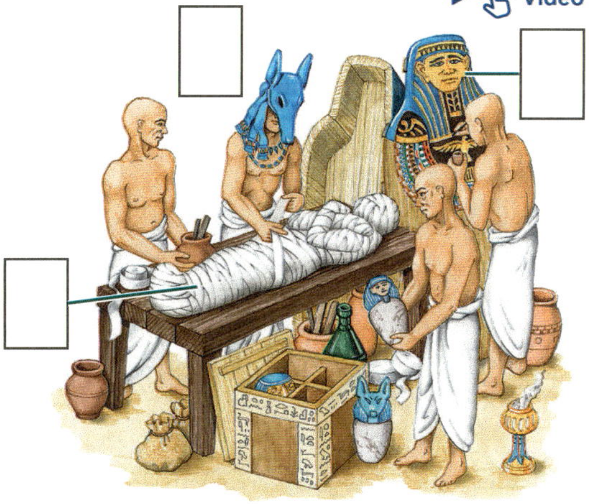

Ägypten – ein Land am Nil

▶ Der Karten-Profi
Seite 91

1 Sieh dir die Karte genau an.
– Was bedeuten die Farben und Zeichen?

Der Nil – die Quelle des Lebens

Ägypten liegt in Afrika. Durch Ägypten fließt der **Nil**. Der Nil ist **der längste Fluss der Welt**. Rechts und links vom Nil ist Wüste. Dort ist alles **trocken** und **sandig**.

Nahe am Nil wachsen **Pflanzen**, weil es hier **Wasser** gibt. Vor 7000 Jahren haben sich **Menschen** dort in kleinen **Dörfern** niedergelassen. Das Wasser des Nils ließ **Getreide** wachsen. Die **Menschen** konnten das Getreide **ernten**.

Jedes Jahr **überschwemmte** der Nil das Land. Eine **dunkle Schlammschicht** bedeckte den Boden. Der Schlamm machte den Boden fruchtbar. Danach **wuchs** das **Getreide** gut. Die Felder wurden **grün**. Aber manchmal waren die Überschwemmungen zu stark. Darum bauten die Menschen **Dämme**.

In anderen Jahren regnete es **wenig**. Dann brachte der Nil zu wenig Wasser. Die **Ernte** ging **verloren**. Darum bauten die Menschen **Kanäle**. Sie **bewässerten** die **Felder**. So konnten sie noch mehr Getreide anbauen. Sie legten **Vorräte** an.

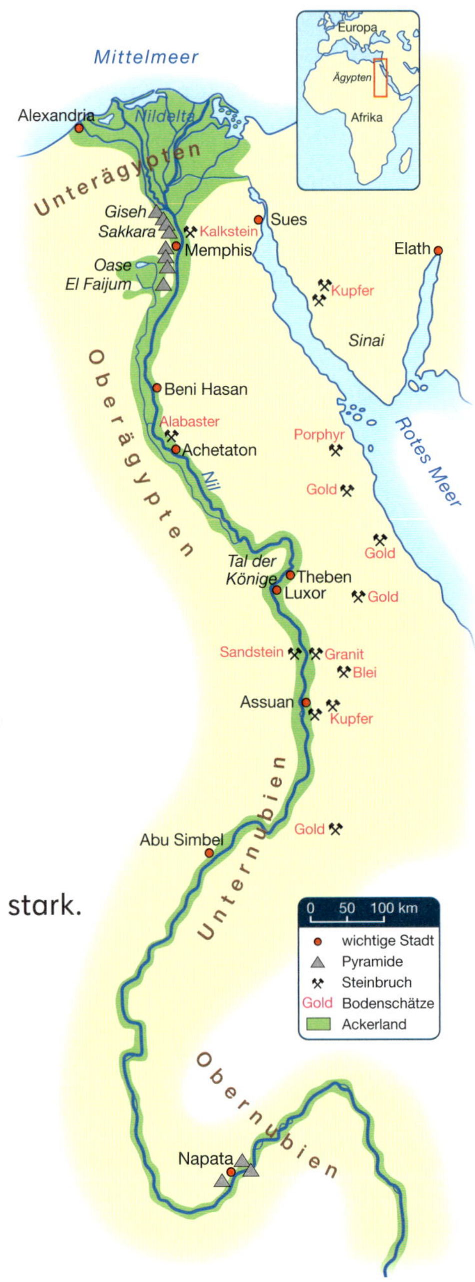

2 Warum war der Nil wichtig für die Menschen? Begründe.

3 Sieh dir das Bild genau an.

4 Beschrifte die weißen Kästchen mit diesen Wörtern:

→ Kanäle, Dorf, Wüste, Nil, Hebewerke, Felder

Die Ägypter kannten ein Gedicht über den Nil.

5 Lies das Gedicht.

Drei Monate ist Ägypten eine weiße Perle

Drei Monate ist Ägypten eine schwarze Haut.

Drei Monate ist Ägypten ein grüner Edelstein.

Und drei Monate ist Ägypten rotes Gold.

6 Schreibe die passenden Sätze unter die Zeilen des Gedichts.

- Jetzt wachsen die Pflanzen und alles wird grün.
- Eine dunkle Schlammschicht bedeckt den Boden.
- Alles ist trocken und sandig.
- Das Getreide ist reif und leuchtet golden.

Menschen am Nil

1 Beschreibe das Bild.

▶ Der Lese-Profi Seite 90

Arbeiten am Nil

Die Menschen benutzten das Wasser aus dem Nil zum **Waschen**, zum **Trinken** und zum **Kochen**. Sie mussten **verschiedene Arbeiten** verrichten. Die Arbeit der Bauern war sehr **schwer**. Sie bewässerten die **Felder**. Sie **schöpften** bei großer Hitze Wasser aus den **Kanälen**. Die Bauern benutzten dazu **Hebewerke** und **Pumpen**. Sie setzten manchmal auch **Tiere** dazu ein.

Das Wasser floss über die **Kanäle** zu den **Feldern**. Die Menschen mussten die Kanäle **sauber halten** und **ausbessern**. So wurden die Felder am Nil **fruchtbar**. Die Bauern konnten viel **Getreide** ernten. Auf den Feldern wuchsen auch Bohnen, Linsen und Zwiebeln. Die Menschen bauten auch Feigen, Trauben und andere Früchte an.

2 Was hast du über die Arbeit der Bauern erfahren?

3 Hier siehst du Ausschnitte aus dem Bild von der linken Seite.
Schreibe die passenden Sätze zu den Bildern.

- Zwei Männer bessern die Kanäle aus. Sie halten die Kanäle sauber.
- Eine Bäuerin pflanzt Früchte auf einem Feld an.
- Ein Mann gießt Wasser in einen Kanal. Dazu benutzt er ein Hebewerk.
- Bauern ernten reifes Getreide.
- Ein Rind zieht ein Seil und dreht so das Rad von einer Pumpe.

Der Pharao herrscht über alle

1 Beschreibe das Bild.

→ die Krone mit Schlangengöttin und Geiergöttin

der künstliche Bart

der Krummstab

die Peitsche mit drei Bändern

▶ Der Lese-Profi Seite 90

Menschen im alten Ägypten

Der **Pharao** war König und gleichzeitig ein Gott. Er allein beherrschte den Staat Ägypten. Die Menschen mussten tun, was er **befahl**.

Sein oberster **Beamter** war der **Wesir**. Er **berichtete** dem Pharao über das Land. Der Pharao gab dem Wesir Befehle. Der Wesir **gab** die **Befehle weiter** an die Schreiber.

Die **Schreiber berichteten** dem Wesir über das Land. Sie **gaben** die **Befehle weiter** an die Handwerker, Arbeiter und Bauern.

Die **Handwerker**, **Arbeiter** und **Bauern** mussten die **Befehle ausführen**. Die Handwerker bearbeiteten Steine. Die Arbeiter halfen beim Pyramidenbau. Die Bauern ernteten das Getreide.

Die **Sklaven** mussten die **besonders schweren Arbeiten ausführen**. Sie zogen oder trugen die schweren Lasten.

2 Ergänze die Sätze mit den passenden Wörtern.

→ künstlicher Bart
Krone
Geiergöttin
Peitsche mit drei Bändern
Krummstab
Schlangengöttin

Zeichen der Macht

Als Zeichen der Macht trug der Pharao eine ______________.

Die Krone bestand aus einer ______________________

und einer ______________________________.

Am Kinn ist ein ______________________ zu sehen.

In der einen Hand hält der Pharao einen ______________________.

In der anderen Hand hält er eine ______________________

______________________________________.

So regierte der Pharao.

▶ Quiz

3 Trage in die freien Felder die passenden Wörter ein.

→ Sklaven
Pharao
Handwerker
Bauern
Wesir
Schreiber
Arbeiter

befiehlt
berichtet

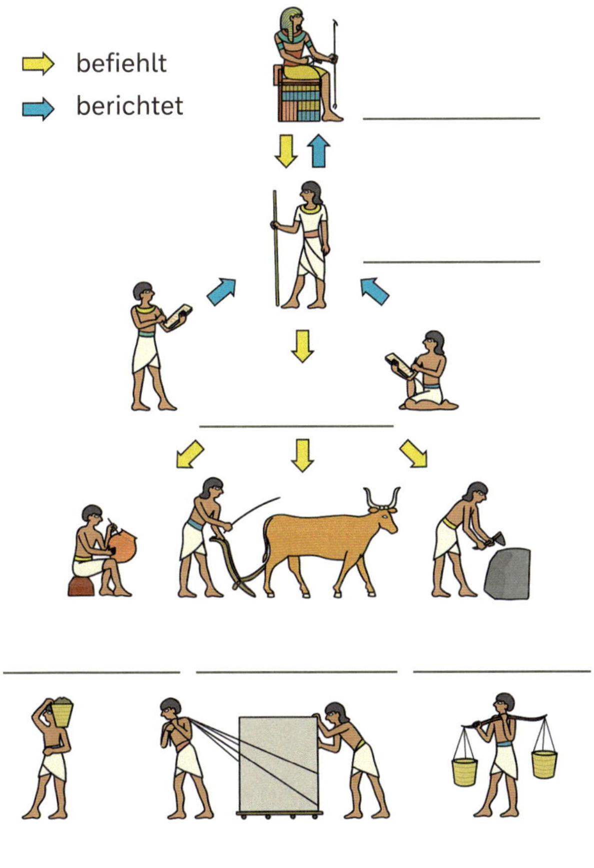

Aktiv: Mit Hieroglyphen schreiben

Hieroglyphen – die Schrift der Ägypter

1 Vor über 5000 Jahren erfanden die Ägypter ihre **Schrift**.
2 Die **Schriftzeichen** der Ägypter heißen **Hieroglyphen**.

1 Zeichne die Hieroglyphen ab.

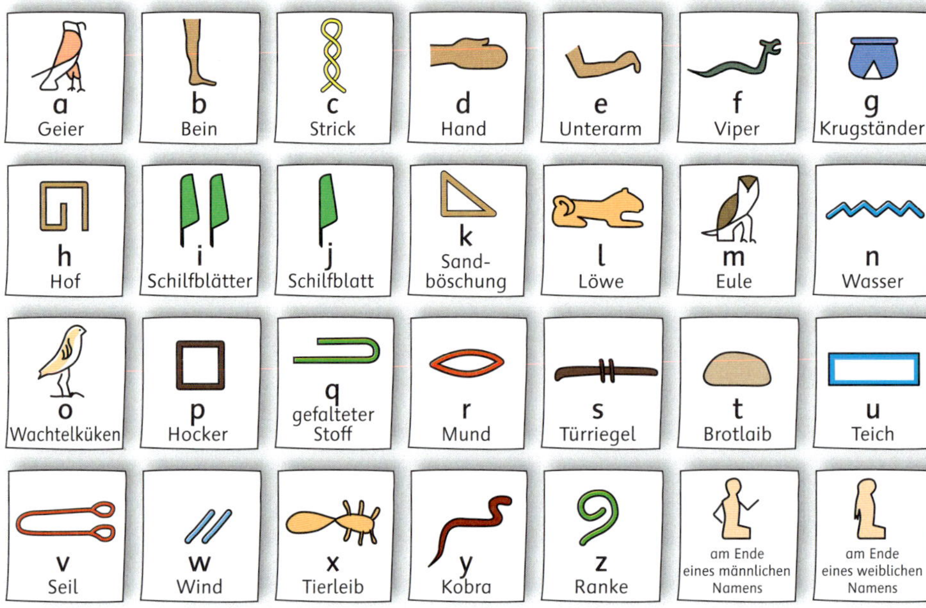

Hier siehst du, wie man Hieroglyphen liest:

→ *Vater* ______

2 Lies nun selbst und fülle die Kästchen aus.

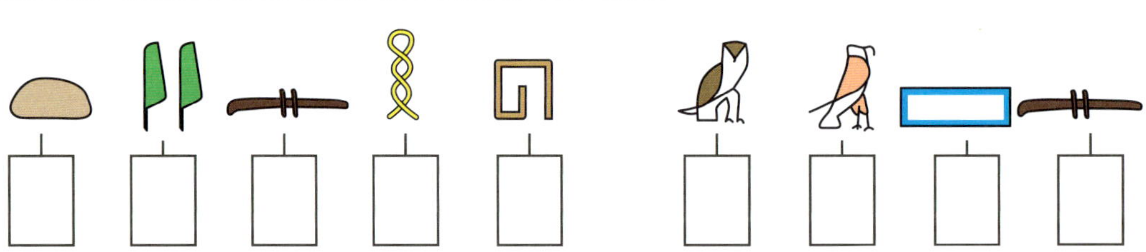

→ ______ → ______

3 Schreibe selbst Wörter mit Hieroglyphen auf ein Blatt.
Probiere, ob die andern in der Klasse es lesen können.

Aktiv: Mit Hieroglyphen schreiben

Mit diesem Experiment könnt ihr herausfinden, warum die Schrift für die Ägypter wo wichtig war.

So geht ihr vor:

1. Verteilt die Karten. Wer eine Karte erhält, übernimmt die Rolle. Die Bauern sind eine Gruppe von 3 oder 4 Schülern.
2. Schickt den Wesir, den Schreiber und die Bauern aus dem Klassenraum. Nur der Pharao bleibt im Klassenraum. Er liest den Text laut vor:

   Ich, der Pharao, befehle: In 10 Tagen kommen 80 Bauern aus dem Dorf Amu zu den Pyramiden nach Gizeh. Sie arbeiten dort 3 Monate bis zum Beginn der Ernte. Ich sorge dafür, dass die Bauern Getreide und Bier bekommen. Jeder Bauer bringt einen Spaten, zwei Hacken und drei Krüge mit.

3. Holt den Wesir in den Klassenraum. Der Pharao liest den Text noch einmal laut vor. Der Wesir hört zu. Er darf sich nichts aufschreiben.
4. Holt den Schreiber in den Klassenraum. Der Wesir erzählt dem Schreiber, was er vom Pharao gehört hat. Auch der Schreiber darf nichts aufschreiben.
5. Holt nun die Bauern in den Klassenraum. Der Schreiber erzählt den Bauern, was sie tun sollen. Auch die Bauern dürfen nichts aufschreiben.
6. Die Bauern erzählen der Klasse, was sie für den Pharao tun sollen.

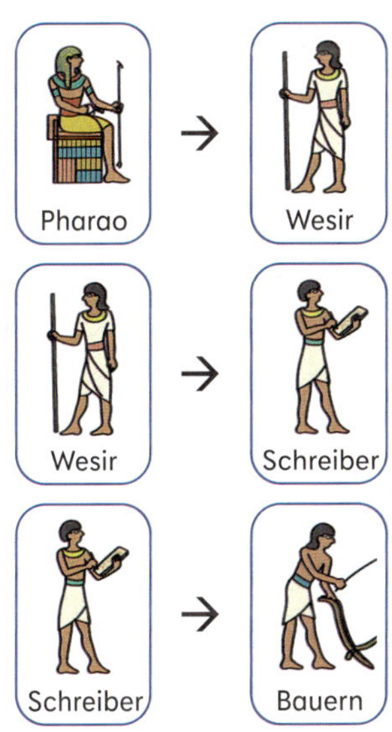

4 Warum war die Schrift für die Ägypter wichtig? Begründe.

Die Religion der Ägypter

**Die Ägypter glaubten an ein Leben nach dem Tod.
Sie hatten viele verschiedene Götter.**

▶ Der Lese-Profi Seite 90

Die Götter im alten Ägypten

Die Ägypter hatten viele verschiedene Götter. Die Ägypter glaubten, dass die Götter viel Macht hatten: Die Götter sorgten für viel oder wenig Wasser oder für gute oder schlechte Ernten.

Osiris ist der Herrscher des Lebens nach dem Tod. Er hält in einer Hand einen Krummstab. In der anderen Hand hält er eine Peitsche mit drei Bändern. Auf dem Kopf trägt er eine Krone. Die drei Gegenstände zeigen seine Macht.

Isis ist die Frau von Osiris. Sie ist das Vorbild aller Mütter. Isis beschützt alle Kinder. Auf ihrem Kopf sieht man einen kleinen Thron.

Horus ist der Sohn von Isis und Osiris. Er trägt eine Krone. Er hat den Kopf eines Falken. Horus hat scharfe Augen wie ein Falke.

Amun-Re ist der Sonnengott. Er ist der Schöpfer der Welt. Auf seinem Kopf sehen wir eine rote Sonne. Amun-Re sorgt für Wahrheit und Gerechtigkeit.

Die Religion der Ägypter

1 Ordne die passenden Wörter den Bildern zu. ▶ Quiz

das Vorbild aller Mütter, der Herrscher des Lebens nach dem Tod
der Sonnengott und Schöpfer der Welt, der Gott mit dem Falkenkopf

Osiris, ______
______
______

______
______
______

______
______
______

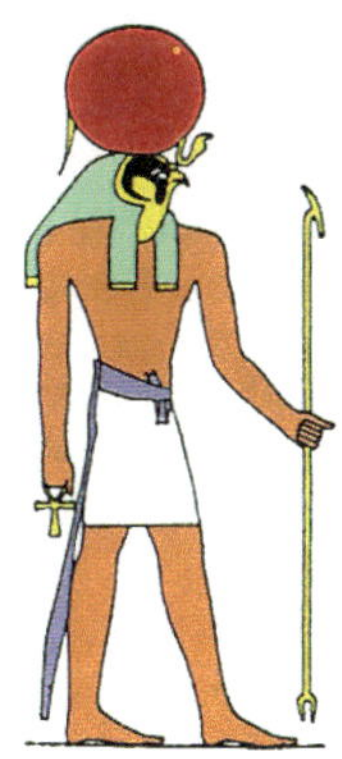

______
______
______

Hier siehst du ein Bild aus dem alten Ägypten. Es ist über 3300 Jahre alt.

2 Erkennst du die Götter wieder?
Trage die passenden Namen in die Kästchen ein. ▶ Audio

→ Osiris
Horus
Isis

1 = ______

2 = ______

3 = ______

☺ Das kann ich!

1 Erinnere dich an das ägyptische Gedicht über den Nil. Ordne zu.

Drei Monate eine weiße Perle	Ernte
Drei Monate eine schwarze Haut	Trockenheit
Drei Monate ein grüner Edelstein	Schlammschicht
Drei Monate rotes Gold	Pflanzen wachsen

2 Beantworte die Fragen.

a) Wann haben sich Menschen am Nil niedergelassen?

(vor 7000 Jahren / vor 200 Jahren) → ____________________

b) Was bauten die Ägypter, um ihre Felder besser bewässern zu können?

(Kanus / Kanäle) → ____________________

c) Wie hoch ist die berühmte Cheops-Pyramide?

(146 Meter / 146 Kilometer) → ____________________

d) Wie lange dauerte es, die Cheops-Pyramide zu bauen?

(200 Jahre / 20 Jahre) → ____________________

e) Wie viele Menschen haben dort gearbeitet?

(20 000 / 2 000 000) → ____________________

f) Wie nennt man die Schrift der Ägypter?

(Hydranten / Hieroglyphen) → ____________________

g) Wer gab die Befehle des Pharaos an die Schreiber weiter?

(Fakir / Wesir) → ____________________

▶ Teste dich!

3 Löse das Kreuzworträtsel.
Die Wörter rechts helfen dir dabei.
Die umrandeten Felder zeigen das Lösungswort.

→ Nil, Wesir, Handwerker, Mumie, Pharao, Osiris, Beamter, Hieroglyphe

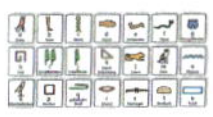

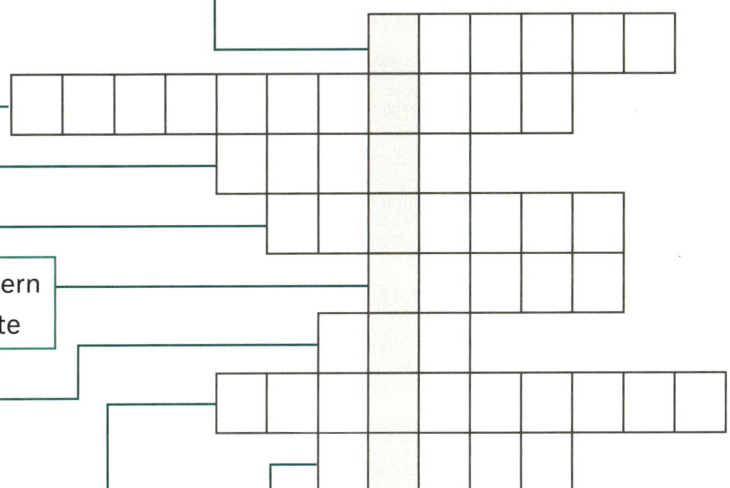

Clues in the crossword:

- König und gleichzeitig Gott
- Schriftzeichen der Ägypter
- Herrscher des Lebens nach dem Tod
- Schreiber
- von Leinentüchern umwickelter Tote
- die Quelle des Lebens
- Auch sie halfen beim Pyramidenbau.
- oberster Beamter

Meine Wörter

Nomen	Verben
der Bauer / die Bäuerin, der Beamte, der Damm, das Dorf, die Ernte, das Feld, das Getreide, der Gott / die Göttin, der Handwerker, das Hebewerk, die Hieroglyphe, der Kanal, der König, die Krone, die Mumie, der Nil, der Pharao, die Pyramide, die Religion, der Schreiber, der Sklave, der Staat, der Wesir	arbeiten, ausbessern, bauen, bedeuten, befehlen, beherrschen, berichten, bewässern, erfinden, ernten, fließen, glauben, mumifizieren, säen, tragen, trinken, überschwemmen, wachsen
Adjektive	**Redemittel**
dunkel, fruchtbar, groß, sandig, sauber, scharf, schlecht, schwer, trocken	Befehle ausführen, Befehle geben, dem Pharao berichten, ein Land beherrschen, Felder bewässern, für Gerechtigkeit sorgen, sich am Nil niederlassen

Das alte Griechenland

1 Was wisst ihr schon über die Olympischen Spiele?

Die Olympischen Spiele

Vor über 2500 Jahren gab es zum ersten Mal **Olympische Spiele**. Sie fanden in **Griechenland** statt. In alle großen griechischen Städte kamen Boten. Die Boten luden die Menschen zu den Olympischen Spielen ein. Aus vielen Städten kamen **Athleten***. Sie nahmen an den Wettkämpfen teil. Während der Olympischen Spiele herrschte **Frieden**. Die Spiele fanden **alle 4 Jahre** statt. Sie dauerten 5 Tage. Die **Sieger** der **Wettkämpfe** bekamen einen **Kranz aus Ölbaumzweigen**. Das war eine **große Ehre**. Auch **heute** finden alle 4 Jahre die Olympischen Spiele statt.

* der Athlet = der Sportler/ die Athletin = die Sportlerin

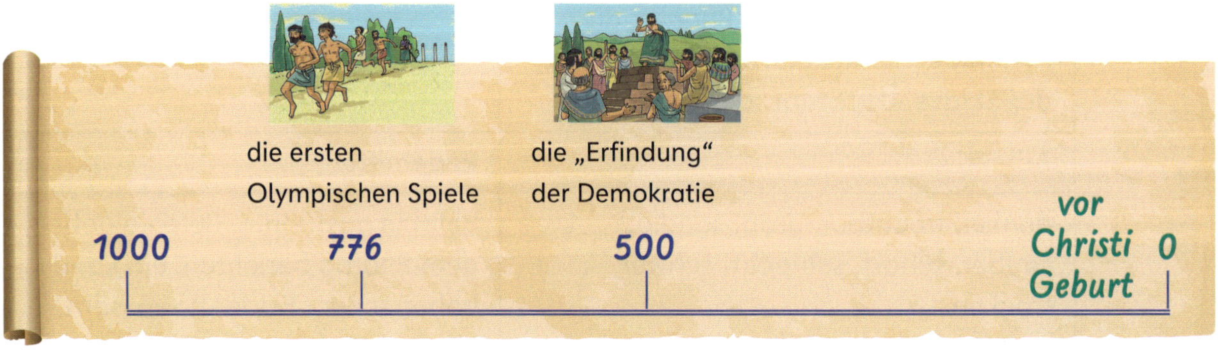

2 Sieh dir die Bilder genau an.
Ergänze die Sätze mit passenden Wörtern.

→ Wagenrennen, Weitsprung, Boxkampf, Kranz aus Ölbaumzweigen, Wettlauf

Zwei Männer traten beim ______________________

gegeneinander an.

Die Athleten trugen Hanteln beim

______________________________________ .

Die Sportler liefen 200 Meter beim

______________________________________ .

Vier Pferde zogen einen Wagen beim

______________________________________ .

Die Sieger der Wettkämpfe bekamen einen

______________________________________ .

______________________________________ .

Sie freuten sich sehr und waren sehr stolz.

☆ 3 Informiert euch über die Olympischen Spiele heute.
Welche Unterschiede habt ihr gefunden?

▶ Methoden zum Nachschlagen Seite 93

Die Polis – griechische Stadtstaaten

- heutige Hauptstadt Griechenlands
- heutige Staatsgrenzen

- Stadt
- wichtiger Ort
- griechisches Heiligtum
- Ebene
- Gebirge
- Berg mit Höhenangabe in Meter

1 Beschreibe die Karte.

▶ Der Lese-Profi Seite 90

Das Leben im Stadtstaat

In Griechenland gab es viele **Städte**. Jede Stadt hatte eine **eigene Regierung**. Eine Stadt mit einer eigenen Regierung nennt man **Stadtstaat**. Das griechische Wort für Stadtstaat ist **Polis***. Zu jeder Polis gehörte auch das **Land**, das die Polis umgab. Jede **Polis** sorgte **für sich selbst**. In jeder Polis gab es verschiedene **Handwerker** und **Händler**. Auf dem Land arbeiteten **Bauern**. Außerdem lebten viele Griechen vom **Fischfang**. Alle Griechen fühlten sich **miteinander verbunden**. Sie sprachen dieselbe **Sprache**. Alle Griechen glaubten an dieselben **Götter**.

* die Polis = Stadtstaat mit einer eigenen Regierung

2 Was hast du über die Polis erfahren? Erzähle.

3 Sieh dir die Karte genau an. Nenne 5 Stadtstaaten.

Auf alten griechischen Vasen sind oft Handwerker und Bauern zu sehen.

4 Welche Tätigkeiten erkennst du?
Schreibe die Wörter aus der Wortliste in die Textlücken.

→ Fischerin, Metall, Nahrungsmittel, Olivenbaum, Stoff, Werkzeuge, Weberin

Bauern schlagen mit Stöcken Oliven von einem ____________________.

Ein Fischer und eine ____________________ fangen Fische.

Oliven und Fische waren wichtige ____________________.

Schmiede bearbeiten ____________________.

Sie stellen Waffen und ____________________ her.

Ein Weber und eine ____________________ stellen am Webstuhl ____________________ her.

Kinder in Athen und Sparta

1 Beschreibe das Bild. Was machen die Menschen?

▶ Der Lese-Profi Seite 90

Kinder in der Stadt Athen

Athen war eine große Stadt im alten Griechenland. Die **Jungen besuchten** im Alter von 7 bis 15 Jahren **die Schule**. Im Unterricht lernten die Jungen lesen, schreiben und rechnen. Oft lernten sie auch, ein Musikinstrument zu spielen. Die Schüler lernten, die Gesetze zu beachten. Und sie sollten die älteren Menschen in ihrer Stadt respektieren. Die meisten Jungen arbeiteten **nach der Schulausbildung** im **Handwerksbetrieb** des Vaters oder **auf seinem Bauernhof**. Von Jungen wurde erwartet, dass sie eine Familie gründen. **Mädchen** sollten lernen, **einen Haushalt** zu **führen**. Außerdem sollten sie später die **Kinder erziehen**. Mit etwa 15 Jahren heirateten die meisten Mädchen. Der Vater suchte den Mann für seine Tochter aus. Bis zur Hochzeit durfte das Mädchen ihren Mann meistens nicht sehen. **Mädchen** durften in Athen **nicht zur Schule** gehen.

2 Was hast du über Kinder in der Stadt Athen erfahren?

Kinder in Athen und Sparta

3 Beschreibe das Bild. Was machen die Menschen?

4 Wie lebten die Kinder in Sparta? Finde es heraus.
Verbinde die passenden Satzhälften.

Kinder in der Stadt Sparta	
1. Die Stadt Sparta führte oft Kriege ...	... bei ihren Familien. (O)
2. Die Kinder wurden in frühem Alter ...	... Speer werfen und Laufen. (N)
3. Die ersten 7 Jahre verbrachten sie ...	... gegen andere Stadtstaaten. (A)
4. Danach lebten die Jungen ...	... auf den Kampf vorbereitet. (P)
5. Die Jungen mussten unbedingt ...	... um gute Krieger zu werden. (O)
6. Die strenge Erziehung und das harte körperliche Training waren wichtig, ...	... den Lehrern gehorchen. (L)
7. Auch die Mädchen lernten ...	... in Gruppen mit anderen Jungen zusammen. (L)

Das Lösungswort ist: __ __ __ __ __ __ __

☆ **5** Vergleicht das Leben der Kinder in Athen und Sparta.

Die Entstehung der Demokratie

1 Beschreibe das Bild.

▶ Der Lese-Profi Seite 90

Demokratie im alten Griechenland

Vor mehr als 2500 Jahren regierte in der Stadt Athen **der Adel**. Das waren wenige, sehr **reiche Familien**. Sie **bestimmten über alles**, was in der Stadt geschah: Sie beschlossen neue **Gesetze**. Und sie bestimmten über **Krieg und Frieden**. Die meisten Bürger in Athen waren damit **nicht einverstanden**. Sie **wollten** bei wichtigen Entscheidungen **mitbestimmen**. So kamen sie zu **Volksversammlungen** zusammen. Bei den Volksversammlungen berieten die Bürger über neue Gesetze und über Krieg und Frieden. Nach den Beratungen **stimmten** die Bürger **ab**. Wenn **mehr als die Hälfte** für ein neues Gesetz stimmte, wurde dieses Gesetz angenommen. So konnten die Bürger von Athen **selbst bestimmen**, was in ihrer Stadt geschah. Wenn die Bürger über wichtige Entscheidungen abstimmen, das nennt man **Demokratie**.

2 Was hast du über die Demokratie in Athen erfahren?

3 Was bedeutet das Wort „Demokratie“? Erkläre.

4 Was erkennst du auf den Zeichnungen?

5 Ergänze die Sätze mit den passenden Wörtern.

Demokratie in der Schule

→
- Klassensprecher
- Klassensprecherin
- meisten
- Stimmen
- Vorschläge
- wählen
- Wahlzettel

Zu Beginn eines neuen Schuljahres wählt jede Klasse

einen ______________________________

oder eine ______________________________ .

Zuerst machen die Schüler ______________________________ :

Dann ______________________ die Schüler. Jeder hat eine Stimme.

Jeder schreibt einen Namen eines vorgeschlagenen Schülers

auf einen ______________________________ . Dann zählen wir die

______________________________ .

Der Schüler oder die Schülerin mit den ______________________ Stimmen wird

Klassensprecher oder Klassensprecherin.

6 Welche Wahlen gibt es noch?
Informiere dich und nenne Beispiele.

▶ Methoden zum Nachschlagen Seite 93

Methode: Ein Säulendiagramm zeichnen

Wer durfte mitbestimmen?

Die Bürger von Athen kamen zu Volksversammlungen zusammen.
Bei den Volksversammlungen berieten sie über neue Gesetze.
Oder sie stimmten ab über Krieg und Frieden.
Auf dem Schaubild seht ihr die Bevölkerung von Athen.
Nicht alle Menschen durften an den Abstimmungen teilnehmen und mitbestimmen.

1 Beantworte die Fragen und schreibe die Antwort in die Lücken.

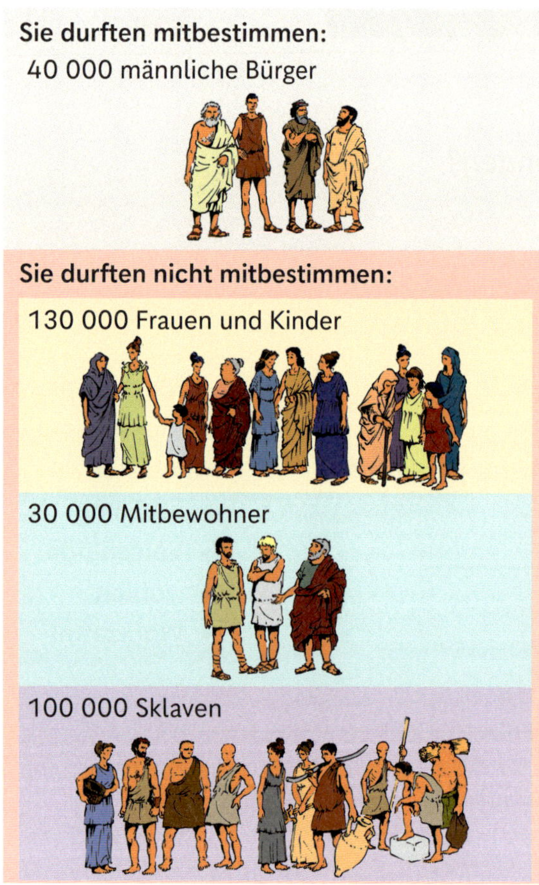

Wer durfte mitbestimmen?

40 000 ______________________

Wer durfte nicht mitbestimmen?

130 000 ______________________

30 000 ______________________

100 000 ______________________

260 000

40 000 Bürger durften mitbestimmen.
Aber 260 000 Frauen und Kinder, Mitbewohner und Sklaven durften nicht mitbestimmen.
Solche großen Zahlen können wir uns nur schwer vorstellen.
Mit einem **Säulendiagramm** können wir diese Zahlen besser verstehen.
Und wir können die Zahlen gut miteinander vergleichen.

Methode: Ein Säulendiagramm zeichnen

Ein Säulendiagramm kannst du selbst zeichnen.

Ein Säulendiagramm zeichnen.

Schritt 1
Zeichne unten auf dem Blatt einen waagerechten Strich.

Schritt 2
Zeichne zuerst die Säule für die 40 000 Bürger.
Für 10 000 Bürger nehmen wir ein Kästchen.
Die Säule wird also 4 Kästchen hoch (= 2 cm).

Schritt 3
Zeichne dann die Säule für die 260 000 Menschen.
Für 10 000 Menschen nehmen wir wieder ein Kästchen.
Die Säule wird also 26 Kästchen hoch (= 13 cm).

Schritt 4
Male die Säulen mit zwei verschiedenen Farben an.

Schritt 5
Beschrifte die Säulen.

Dazu brauchst du:
ein Blatt mit Kästchen,
ein Lineal und Stifte.

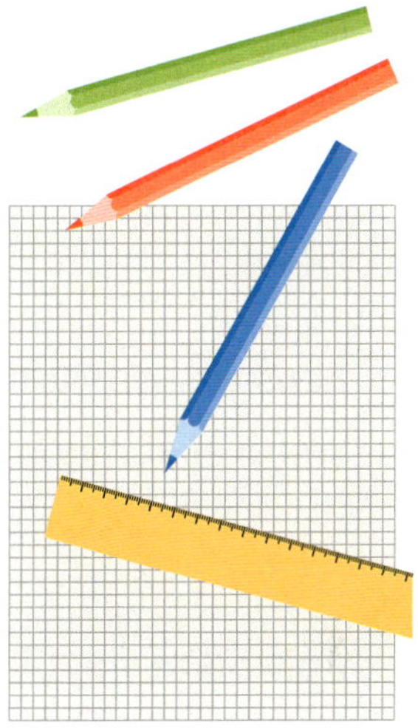

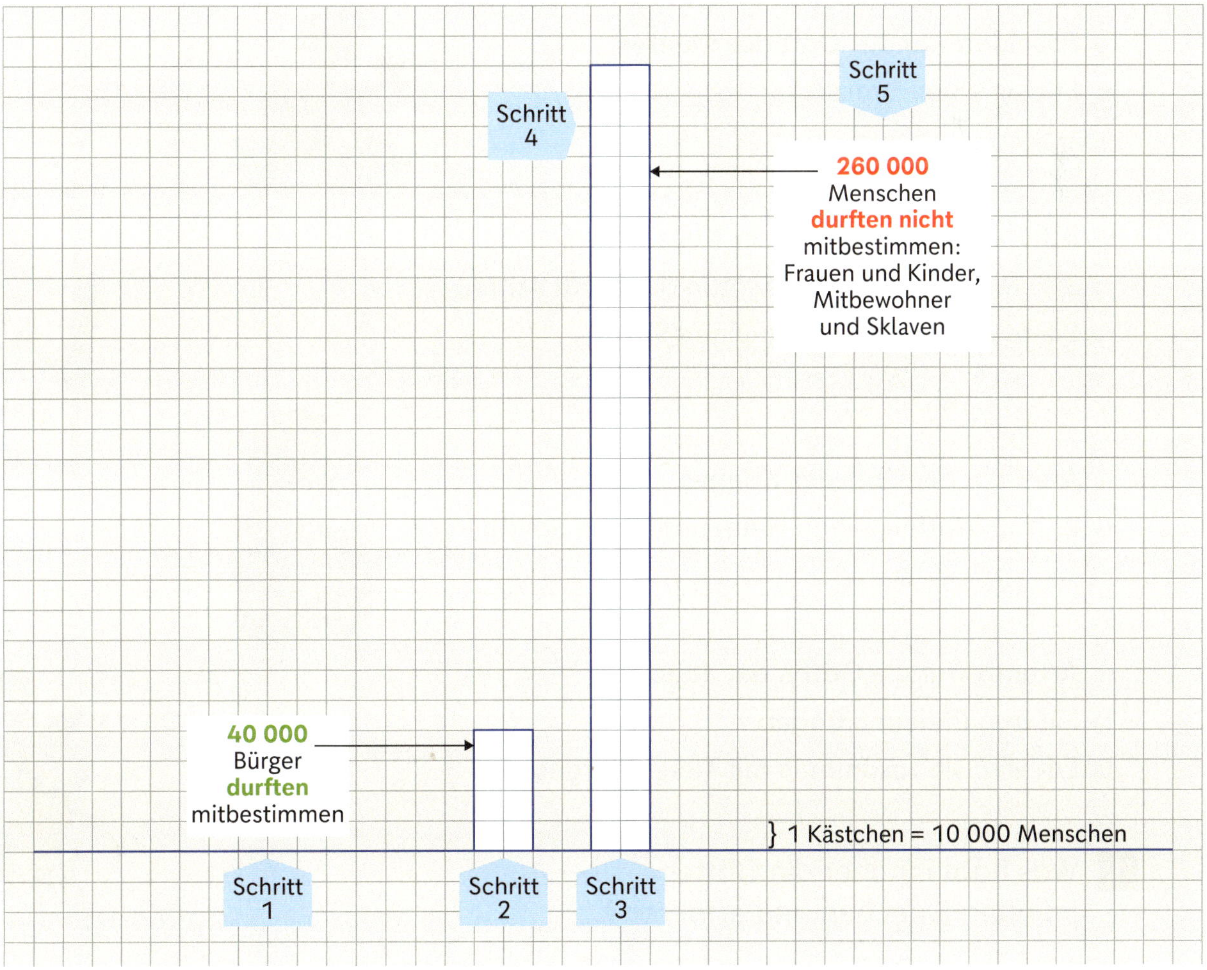

Die Götter der Griechen

**Die Griechen stellten sich ihre Götter wie Menschen vor.
Die Götter waren aber unsterblich und sehr mächtig.**

▶ Der Lese-Profi
Seite 90

Die Götter im alten Griechenland

Die Heimat der griechischen Götter war der Olymp. Der Olymp ist ein hoher Berg in Griechenland. Sein Gipfel ist fast immer von den Wolken verdeckt. Die Griechen glaubten, dass die Götter dort leben.

Zeus war der Vater aller Götter. Wenn er zornig war, warf er Blitze auf die Erde.

Aphrodite war die Göttin der Schönheit und der Liebe. Auf dem Bild hält sie eine Rose in der Hand.

Poseidon war der Gott des Meeres. Er trug einen Dreizack.

Athena war die Göttin der Kunst. Sie war auch die Schutzgöttin der Stadt Athen. Sie trug einen Helm und einen Speer.

Ares war der Gott des Krieges. Er trug Waffen, einen Helm und einen Schild.

Artemis war die Göttin der Jagd. Sie trug Pfeil und Bogen. Oft wird sie zusammen mit Tieren dargestellt.

1 Was habt ihr über die Götter
im alten Griechenland erfahren?

Die Götter der Griechen

2 Schreibe die Namen der Götter zu dem passenden Bild.
Woran hast du den Gott/die Göttin erkannt?

	Name des Gottes:		Name der Göttin:
Daran erkennt man ihn:		Daran erkennt man sie:	
	Name des Gottes:		Name des Gottes:
Daran erkennt man ihn:		Daran erkennt man ihn:	
	Name der Göttin:		Name der Göttin:
Daran erkennt man sie:		Daran erkennt man sie:	

Das kann ich!

1 Was passt zusammen? Verbinde.

Die Polis war …	war der Göttervater Zeus.
Athen und Sparta …	durften bei der Volksversammlung nicht mitbestimmen.
In der Volksversammlung in Athen	fanden alle 4 Jahre statt.
Frauen und Kinder, Mitbewohner und Sklaven …	stimmten die Bürger über Gesetze und über Krieg und Frieden ab.
Die Olympischen Spiele …	waren bekannte griechische Stadtstaaten.
Der wichtigste Gott der Griechen …	ein griechischer Stadtstaat mit eigener Regierung.

2 Schreibe die olympischen Sportarten unter die Bilder.
Die Wörter rechts helfen dir.

→
- Wettlauf
- Boxen
- Weitsprung

3 Diese Berufe gab es schon in einer griechischen Polis.
Schreibe sie unter die Bilder.

→
- Schmied
- Weber
- Fischer

Das kann ich!

4 Was bedeutet das Wort „Demokratie“? Kreuze an.

☐ Volkslauf ☐ Volksherrschaft ☐ Volksfest

5 Erkennst du die Götter wieder? Schreibe unter die Bilder die Namen. Schreibe auch je ein Merkmal der Götter dazu.

Meine Wörter

▶ Teste dich!

Nomen	Verben
der Athlet/die Athletin die Abstimmung die Demokratie der Held, die Heldin die Olympischen Spiele (Plural) die Polis die Regierung der Sieger/die Siegerin der Stadtstaat der Wettkampf	entstehen, (es) entstand gründen, (er) gründete stattfinden, (es) fand statt abstimmen, (sie) stimmten ab beraten diskutieren wählen
Adjektive	**Redemittel**
antik, athletisch, olympisch, demokratisch, mehrheitlich, sportlich, kämpferisch, unsterblich, göttlich, heldenhaft	einen Krieg führen an einem Wettkampf teilnehmen es herrscht Frieden über etwas abstimmen

Das Römische Weltreich

Das Kolosseum

Das Forum Romanum

Das Pantheon

Der Circus Maximus

1 Beschreibe die Bilder.

Die Stadt Rom

Die Stadt Rom wurde vor mehr als 2700 Jahren gegründet. Es entstanden viele bekannte Gebäude. Hierzu gehören z. B. **das Kolosseum, das Forum Romanum, das Pantheon** und **der Circus Maximus.** Du kannst sie bis heute in Rom besichtigen.

Sehenswürdigkeiten in Rom

Das **Kolosseum** war das größte **Theater** in Rom. Im Kolosseum fanden **Gladiatorenkämpfe** statt. Die Veranstaltungen sollten das Volk unterhalten. Das **Forum Romanum** war ein römischer **Marktplatz**. Der Platz war Mittelpunkt für das gesellschaftliche Leben. Das **Pantheon** war ein **Tempel**. Sein Erkennungsmerkmal ist die prachtvolle **Kuppel**. Dort verehrten die Römer ihre Götter. Der **Circus Maximus** war die größte **Rennbahn** im antiken Rom. Hier fanden **Wagenrennen** statt.

2 Was gehört zusammen? Verbinde.

Das Kolosseum • | • Tempel

Das Forum Romanum • | • Rennbahn

Das Pantheon • | • Marktplatz

Der Circus Maximus • | • Theater

3 Was sind die Merkmale der Sehenswürdigkeiten? Schreibe auf.

Das Kolosseum: ______________________________

Das Forum Romanum: ______________________________

Das Pantheon: ______________________________

Der Circus Maximus: ______________________________

→
- prachtvolle Kuppel
- Wagenrennen
- Gladiatoren-kämpfe
- Marktplatz, wichtiger Treffpunkt

Die Gründung der Stadt Rom

1 Lies die Sage mit dem Lese-Profi.

▶ Lese-Profi Seite 90

Die Sage von Romulus und Remus

Romulus und Remus waren Zwillingsbrüder. Ein Feind der Familie wollte die Zwillinge töten. Die Mutter setzte die Kinder in einem Korb auf dem Fluss **Tiber** aus.

Die Kinder wurden von einer **Wölfin** gerettet. Sie ernährte und behütete sie. Ein **Hirte** fand die Zwillinge und zog sie auf.

Romulus und Remus wurden erwachsen. Sie gingen an die Stelle zurück, an der sie damals von der Wölfin gefunden wurden. Hier wollten sie eine **neue Stadt gründen**. Romulus baute eine **Mauer** und sagte: „Ich werde jeden töten, der diese Mauer ohne meine Erlaubnis überschreitet."

Remus machte sich über die Mauer lustig und sprang darüber. Da erschlug Romulus seinen Bruder und herrschte von nun an über Rom. Der Sage nach wurde die Stadt Rom 753 v. Chr. gegründet.

2 Was gehört zusammen? Verbinde.

Romulus und Remus waren ...	...von einer Wölfin gerettet.
Die Mutter setzte beide Kinder...	...seinen Bruder Remus.
Die Zwillinge wurden...	...über die erbaute Mauer lustig.
Die Brüder wollten...	...Zwillingsbrüder.
Remus machte sich...	...auf dem Fluss Tiber aus.
Romulus erschlug...	...eine neue Stadt gründen.

Die wahre Entstehung der Stadt Rom

Wissenschaftler haben zur Entstehung Roms eine andere Erklärung. **Hirten** und **Bauern** siedelten um das Jahr **1000 vor Christus** am **Fluss Tiber**. Sie nutzten den **fruchtbaren Boden** zum **Ackerbau**. Es entstanden die ersten **Siedlungen**. Die **Stadt Rom** wurde immer größer. Große und bekannte Bauwerke entstanden. Die Stadt wurde über **das Aquädukt** mit Wasser versorgt.

So sah die Stadt Rom um das Jahr 300 nach Christus aus:

3 Fülle den Lückentext mit den passenden Wörtern aus. →

- Wasser
- Tiber
- Bauwerke
- Ackerbau
- Siedlungen

Hirten und Bauern siedelten an den Fluss ________________ .

Sie nutzten den fruchtbaren Boden zum ________________ .

Die ersten ________________________________ entstanden.

In der Stadt Rom entstanden große und bekannte ________________________ .

Die Stadt wurde über das Aquädukt mit ________________________ versorgt.

Die Entwicklung zum Römischen Weltreich

1 Beschreibe das Bild.
Was siehst du?

Das Römische Weltreich entsteht

Rom war anfangs eine **kleine Stadt**. Die Römer führten viele **Kriege**. Sie **eroberten** nach und nach **viele Länder**. Es konnte sich kaum ein Land gegen sie wehren. Manche Länder unterwarfen sich den Römern. Dann mussten sie nicht mehr kämpfen, sie zahlten aber hohe Steuern an die Römer.

Andere Länder wehrten sich und kämpften gegen die Römer. Es gab **Kämpfe** mit den Römern. Wenn sie aber den Kampf verloren haben, waren die Römer grausam. Viele Gegner wurden getötet oder zu Sklaven gemacht. Um 100 nach Christus beherrschten die Römer ein großes Weltreich rund um das Mittelmeer.

2 Was passt zusammen? Verbinde die Satzhälften.

Anfangs war Rom ...	... ein großes Weltreich am Mittelmeer.
Die Römer führten viele Kriege und ...	... eine kleine Stadt.
Die eroberten Länder mussten ...	... hohe Steuer an die Römer zahlen.
Die Römer waren grausam gegen ...	... eroberten viele Länder.
Um 100 nach Christus beherrschten die Römer ...	... ihre Gegner. Viele wurden getötet oder versklavt.

Die Legionäre

Die Römer führten viele Kämpfe. Dazu brauchten sie Soldaten. Die römischen Soldaten nennt man **Legionäre**. Der Kampf wurde mit verschiedenen Waffen geübt. Neben den Kämpfen mussten die Legionäre **Lager bauen, Straßen kontrollieren oder im Straßenbau arbeiten**.

3 Liste die Aufgaben eines Legionärs auf.

Die Legionäre hatten meist viele Sachen bei sich.

4 Wie waren die Legionäre gekleidet?
Welche Sachen hatten sie bei sich?

Methode: Eine Geschichtskarte lesen

Um 100 nach Christus beherrschten die Römer ein großes Weltreich rund um das gesamte Mittelmeer.

Die Ausbreitung des Römischen Reiches

▶ Video

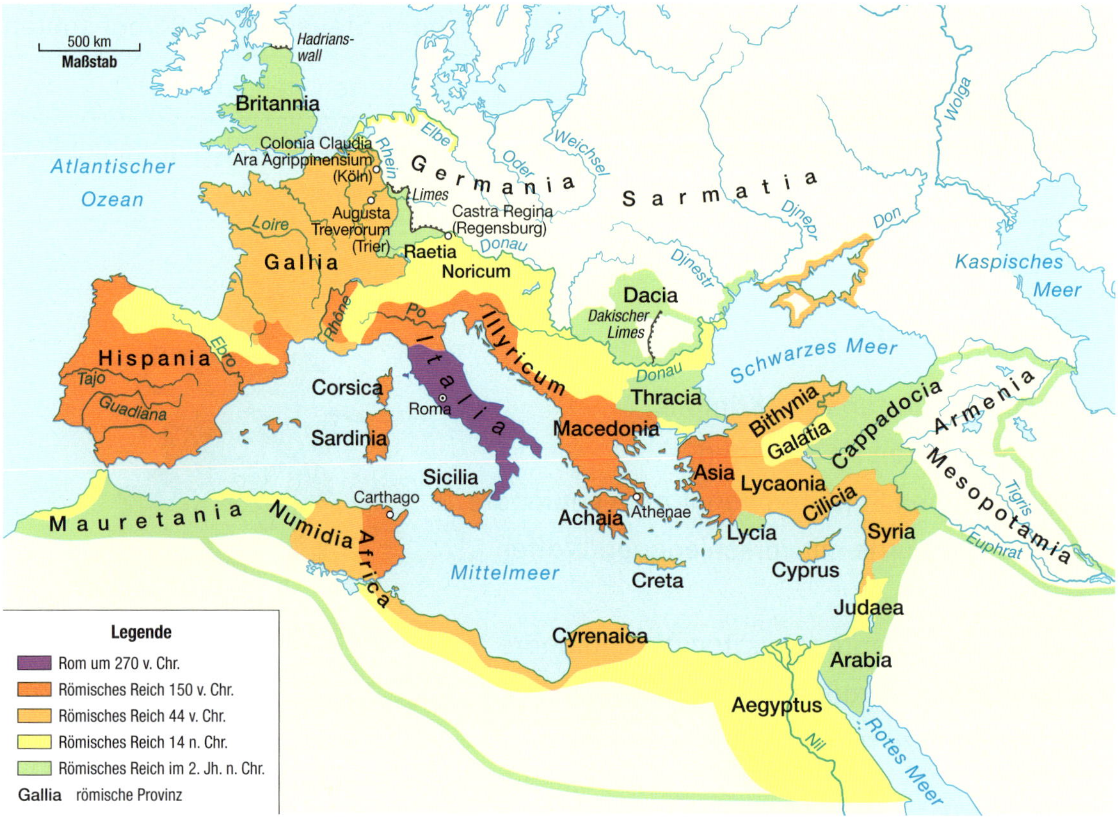

1 Sieh dir die Karte genau an.
Ihr könnt die Schritte vom Karten-Profi verwenden.

▶ Karten-Profi Seite 91

2 Lies die Legende. Was bedeuten die Farben?

■ ______________________________

■ ______________________________

3 Suche die Hauptstadt Rom und kreise sie ein.

4 Sieh dir die Karte noch einmal genau an. Nenne 8 Länder, die damals im Römischen Weltreich lagen.

Nimm einen Atlas zur Hilfe.

Hispania = Spanien

Gallia =

5 Sieh dir die Karte genau an.

a) Markiere die Grenze des Römischen Reiches mit Rot.

b) Schreibe die heutigen Ländernamen in die Karte ein.

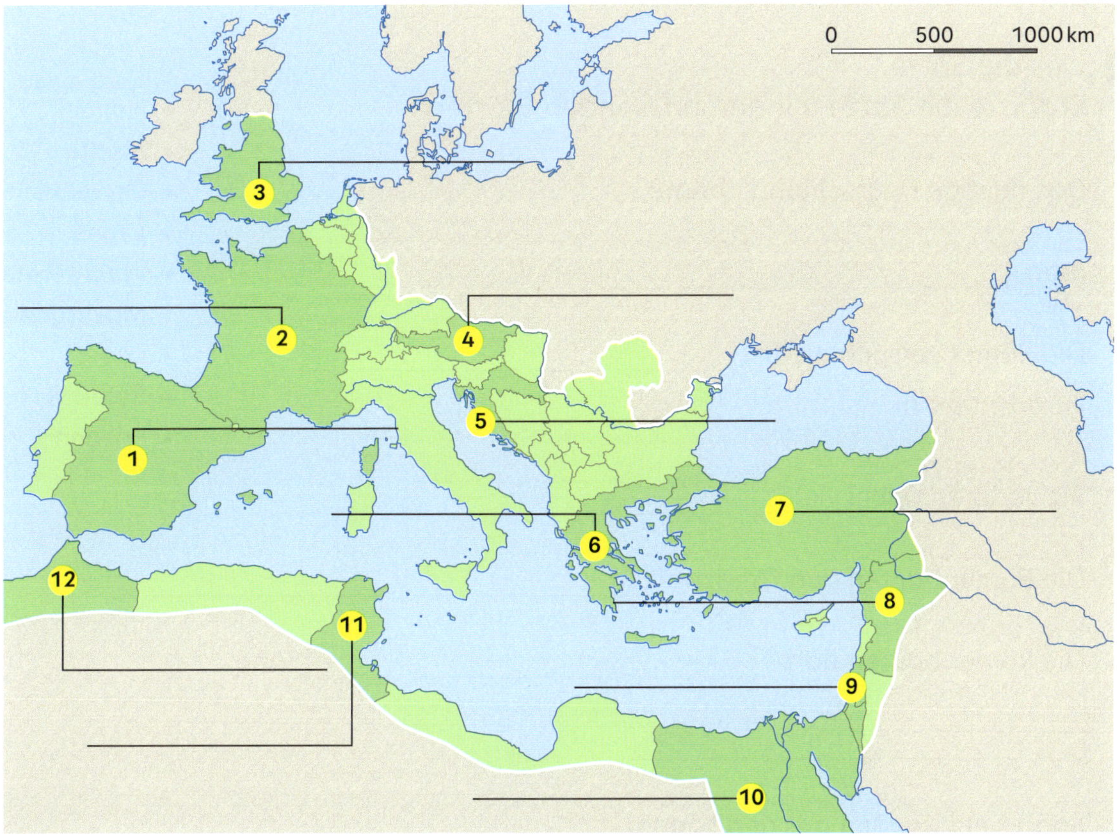

Ein Weltreich mit Grenzen

Römer und Germanen

Das heutige Deutschland nannte man früher **Germanien**. Nur ein Teil von Germanien gehörte zum Römischen Reich. Die Römer führten Kriege gegen die Germanen. Sie verloren dabei viele Soldaten und konnten nur **bis zum Rhein** ihr Machtgebiet **erweitern**. Die Römer gaben daraufhin ihren Plan auf. Sie **bauten eine Grenze** zwischen ihrem Gebiet und dem freien Germanien. Diesen Grenzwall nennt man **Limes**. Der Limes sicherte für eine lange Zeit **Frieden**. **Römer** und **Germanen** konnten dort **Handel treiben**. Am Limes bauten die Römer **Wachtürme** und **Lager**. In diesen Lagern lebten viele römische Soldaten. Aus einigen **Lagern** entwickelten sich Städte. Sie heißen heute zum Beispiel **Köln, Trier** und **Regensburg**.

1 Lies die Sätze.
Ergänze die Sätze mit den passenden Wörtern.

→
- Handel
- Städte
- Germanien
- Limes
- Wachtürme
- Machtgebiet
- Lager
- Soldaten
- Frieden

Das heutige Deutschland nannte

man ______________________ .

Die Römer versuchten ihr ______________________
zu vergrößern.

Sie verloren dabei viele ______________________ .

Die Römer bauten den Grenzwall ______________________ .

Die Römer bauten dort ______________________ und

______________________ .

Später entstanden aus den Lagern ______________________ .

Die Grenze schaffte für lange Zeit ______________________ .

An der Grenze wurde ______________________ betrieben.

Handel am Limes

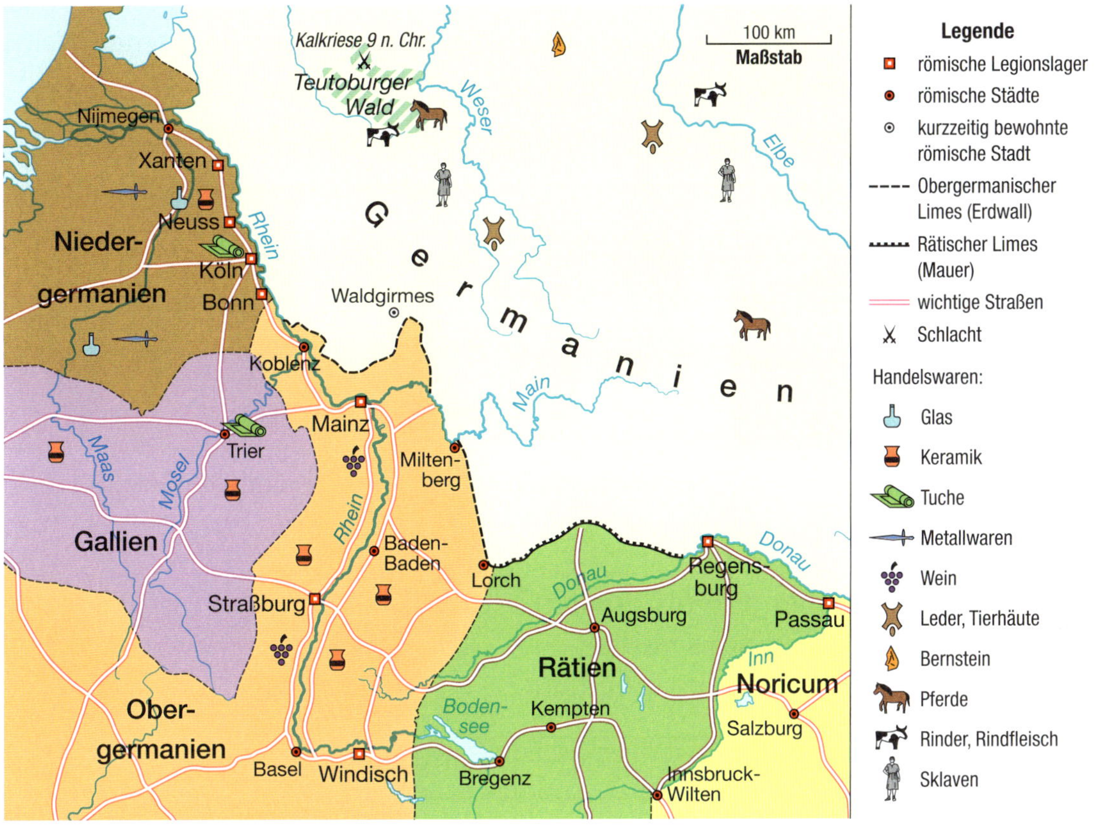

▶ Karten-Profi
Seite 91

2 Sieh dir die Karte genau an.
Wende den Schritt 4 vom Karten-Profi an.

3 Mit welchen **Waren** wurde am Limes gehandelt?
Ergänze die Tabelle.

Waren aus Germanien	Waren aus dem Römischen Reich
Bernstein	Metallwaren

Auf den Spuren der Römer

Überreste des Römischen Weltreiches

1 In Deutschland gibt es bis heute noch viele **Überreste** aus dem Römischen Weltreich.
2 **Teile des Grenzwalls Limes** kann man an vielen Stellen finden und besichtigen.
3 Bis heute kann man sich in Museen **römische Münzen** oder **Gefäße** anschauen.

Grenzwall Limes

Gegenstände aus Glas

römische Gefäße

1 Was haben die Römer damals genutzt?
Welche Alternativen gibt es heute?
Überlege und schreibe deine Ideen auf.

Römischer Gegenstand		Beispiele von heute
	Römische Münze	Euro – Münze
	Tonkrug	
	Kutsche	
	Gesellschaftsspiel	

Kindheit im Römischen Reich

Im Römischen Reich verbrachten die Kinder ihre Freizeit mit **Puppen**, **Holztieren** oder **ähnlichen Spielzeugen**. Die meisten Kinder gingen ab 7 Jahren **in die Schule**. Für die Mädchen stand der Haushalt im Mittelpunkt. Sie lernten zum Beispiel **kochen**, **spinnen** und **weben**. Mit 11 Jahren verließen die Mädchen die Schule. Ab 12 Jahren waren sie **volljährig** und **mussten heiraten**. Die Jungen galten mit 14 Jahren als volljährig. Für sie stand eine **gute Bildung** im Mittelpunkt. Jungen aus reichen Familien gingen länger in die Schule und setzten ihre **Ausbildung** fort. Ärmere Jungen mussten **arbeiten**, sobald sie dazu in der Lage waren. Sie wurden zu Bauern, Handwerkern oder Soldaten ausgebildet.

Im Text hast du erfahren, wie die römischen Kinder aufgewachsen sind.

2 Wie wachsen Kinder heute auf?
Überlege und schreibe die Unterschiede auf.
Ergänze die Tabelle mit eigenen Ideen.

Kinder im Römischen Reich	Kinder in der heutigen Zeit
Die Jungen gehen in die Schule.	*Alle Kinder ab 6 Jahren besuchen eine Schule.*
Mädchen lernen kochen und spinnen.	
Mädchen mussten mit 12 Jahren heiraten.	
Die meisten Jungen mussten ab 12 Jahren arbeiten gehen.	
Nur einige wohlhabenden Jungen konnten weiter lernen.	

Das kann ich!

1 Lies die Sätze.
Ergänze die Sätze mit den passenden Wörtern.

Der Sage nach gilt Romulus als Gründer von ____________________ .
(Rom/Köln)

Ein Feind der Familie wollte die Zwillinge töten.

Um die Kinder zu schützen, setzte die Mutter ihre Kinder auf dem Fluss ____________________ aus.
(Mosel/Tiber)

Sie wurden von einer Wölfin ____________________ und zog sie auf.
(gerettet/ermordet)

Romulus und Remus wurden erwachsen.

Sie wollten eine ____________________ gründen.
(Firma/Stadt)

Romulus baute ____________________ .
(eine Mauer/einen Damm)

Remus machte sich über die Mauer lustig.

Romulus erschlug ____________________ .
(seine Schwester/seinen Bruder)

Der Sage nach gilt das Jahr ____________________ als Gründungsjahr der Stadt Rom.
(753 v. Chr./ 1989 n. Chr.)

2 Was passt zusammen? Verbinde die Satzteile sinnvoll.

Zu Zeiten des Römischen Reiches …	… zwischen den Römern und Germanen betrieben.
Die Römer versuchten …	… Limes.
An der Grenze wurde Handel …	… nannte man das jetzige Deutschland Germanien.
Den Grenzwall nennt man …	… entwickelten sich Städte.
Aus einigen Lagern …	… ihr Reich zu vergrößern.

Das kann ich!

3 Lies die Fragen.
Kreuze die richtige Antwort an.

a) Wann wurde das antike Rom gegründet?

- ☐ Das antike Rom wurde 1789 gegründet.
- ☐ Das antike Rom wurde vor mehr als 2700 Jahren gegründet.
- ☐ Das antike Rom wurde 2010 gegründet.

b) Wie nannte man das größte erbaute Theater im antiken Rom?

- ☐ Das größte Theater nannte man Kolosseum.
- ☐ Das größte Theater nannte man Tiber.
- ☐ Das größte Theater nannte man Römerbau.

c) Wie wurde die Stadt Rom zum Römischen Weltreich?

- ☐ Die Römer führten Kriege und eroberten nach und nach viele Länder.
- ☐ Die Stadt Rom wurde nie zum Römischen Weltreich.
- ☐ Romulus und Remus führten viele Kriege und eroberten verschiedene Länder.

Meine Wörter

▸ Teste dich!

Nomen	Verben
der Circus Maximus der Fluss Tiber das Forum Romanum Germanien der Grenzwall Limes das Kolosseum das Pantheon die Römer die Sachquelle der Wachturm	bauen belustigen entwickeln unterhalten gründen kämpfen kochen spinnen trennen vergrößern
Adjektive	**Redemittel**
antik prachtvoll römisch	eine Stadt gründen Kriege führen Länder erobern

Das Mittelalter

1 Was erkennt ihr auf dem Bild?

Leben auf der Burg

An vielen Orten in Deutschland gibt es Burgen aus dem Mittelalter. Burgen waren **stark befestigt**, sie **dienten zum Schutz** der Bewohner. In einer Burg lebten oft 60 bis 80 Menschen. Hier wohnte die **Familie des Burgherrn** mit **ihren Bediensteten**. Menschen arbeiteten im **Stall**, in **Werkstätten** oder in der Küche. Die Burgbewohner brauchten **Essen** und **Kleidung**. Der **Alltag** bestand daraus, diese Menschen zu **versorgen**. Die **Ritter** bereiteten sich auf den **Kampf** vor.

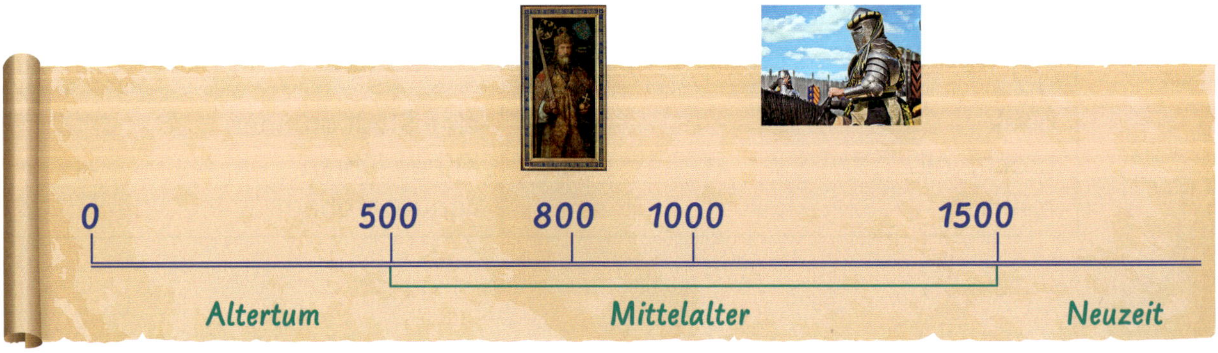

So sah eine mittelalterliche Burg von innen aus.

▶ Video

2 Bauer Konrad liefert Heu in die Burg. Wie kommt er zu den Ställen?

a) Finde seinen Weg in der Zeichnung.

b) Trage die Zahlen in die Kästchen ein.

→
1. Bergfried
2. Burgtor
3. Fallgitter
4. Kapelle
5. Kemenate
6. Kernburg
7. Palas
8. Schmied
9. Stall, Ställe
10. Zugbrücke

Bauer Konrad erreicht mit seinem Wagen die **Zugbrücke** ☐.

Er muss über die Brücke durch das **Burgtor** ☐ fahren.

Dann fährt er an dem inneren Burgtor mit **Fallgitter** ☐ vorbei.

Das innere Burgtor schützt die **Kernburg** ☐.

Bauer Konrad fährt weiter zu den **Ställen** ☐.

Dort kann er das Heu für die Tiere abladen.

▶ Methoden zum Nachschlagen Seite 93

☆ **3** Welche Gebäude befanden sich in der Kernburg?
Finde heraus, was die folgenden Begriffe bedeuten: Bergfried, Kemenate, Palas.

Die Königsherrschaft

Ein bedeutender Herrscher des Mittelalters war Karl der Große.

▶ Der Lese-Profi
Seite 90

Karl der Große

Karl der Große wurde mit 19 Jahren **König der Franken**. In der Zeit seiner Regierung führte er viele **Kriege**. So konnte er sein Reich fast um das Doppelte vergrößern. Sein Reich erstreckte sich über große Teile von Frankreich und Deutschland. Der **Papst** in Rom hatte damals viele Gegner. Karl der Große half dem Papst mit seinen Soldaten. Und er zwang die Menschen in seinem Reich, den **christlichen Glauben** anzunehmen. Der Papst unterstützte Karl den Großen dafür. **Im Jahr 800** krönte der Papst Karl den Großen zum **Kaiser**. Karl der Große war damit noch mächtiger als alle Könige.

Auf dem Bild sieht man Karl den Großen nach seiner Krönung.
Er trägt bestimmte Zeichen der Herrschaft bei sich.

→
- die Krone
- das Schwert
- der Reichsapfel

1 Trage auf die Linien die Zeichen der Königsherrschaft ein.

Die Königsherrschaft

Karl der Große herrschte über ein großes Reich.

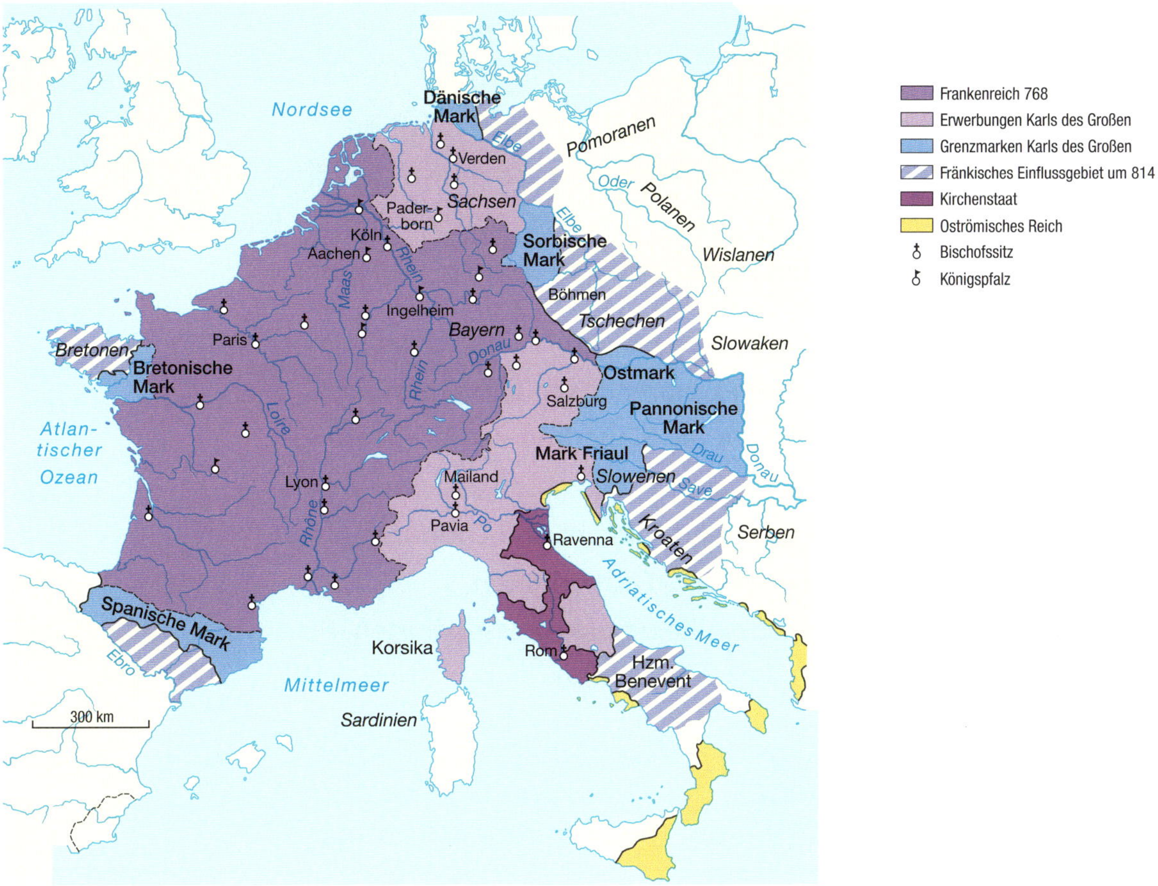

Karl der Große auf Reisen

1 Das Reich von Karl dem Großen hatte **keine Hauptstadt**.
2 Karl der Große war **ständig** in seinem Reich **unterwegs**.
3 Er und seine Leute reisten auf Pferden.

2 Karl der Große will von **Rom** nach **Paderborn** reisen.
Wie viel Kilometer muss er reiten?
Wende den Schritt 3 vom Kartenprofi an.

▶ Karten-Profi Seite 91

a) Kreise die beiden Städte auf der Karte ein.
b) Zeichne die Strecke ein, die er reiten muss.
c) Miss die Strecke mit einem Lineal.

Die Strecke beträgt ______________ cm.

Die Strecke beträgt ______________ km.

☆ **3** Vergleiche die Karte mit einer Karte von heute in deinem Atlas.
Welche Staaten hat Karl der Große damals regiert?

Die Gesellschaft im Mittelalter

Im Mittelalter war das Leben der Menschen anders als heute.

Die Stände und ihre Aufgaben

* **der Stand:** gesellschaftliche Schicht. Menschen mit dem gleichen Stand gehörten zusammen.

Jede Familie gehörte einem bestimmten **Stand*** an. Von Geburt an war klar, welchem Stand man angehörte. Es gab den Stand der **Geistlichen**, der **Adligen** und der **Bauern**. Die Tagelöhner und Bettler gehörten keinem Stand an.

Die **Geistlichen predigten** und verbreiteten den christlichen Glauben. Die meisten von ihnen konnten **lesen** und **schreiben**. Die **Adligen sorgten** für die **Sicherheit** der Bevölkerung. Im Krieg kämpften sie und verteidigten Land und Volk. Die Adligen sorgten auch für **Recht und Ordnung**. Die Bauern sollten **auf dem Feld arbeiten**. Sie sorgten dafür, dass alle genug zu essen hatten. Die Mehrheit der Menschen gehörte diesem Stand an.

Die Menschen glaubten, dass alles von Gott bestimmt ist.
Es gab eine feste Ordnung: die Ständegesellschaft.

▶ Video

Die Gesellschaft im Mittelalter

1 Welche Aufgaben gehören zu welchem Stand?
Trage in die Tabelle ein.

→ arbeiten • beten • ernten • kämpfen • predigen • verteidigen

Geistliche	Adlige	Bauern
____________	____________	____________
____________	____________	____________

Auch die Kleiderordnung war sehr streng.
Es war genau festgelegt, wer welche Kleidung tragen durfte.
Wer dagegen verstieß, wurde hart bestraft.

2 Ordne die passenden Beschreibungen zu.
Schreibe auf die Linien in die Tabelle.
Diese Wörter helfen dir: *kostbare Kleidung, wertvolle Stoffe und Schmuck, feine, bunte Kleidung; einfache Kleidung für die Arbeit, keine Farben*

	____________ ____________ ____________
	____________ ____________ ____________
	____________ ____________ ____________

Der König und seine Vasallen

Im Mittelalter gab es eine **feste Rangordnung** in der Gesellschaft. Der **König** stand ganz oben. Alle Menschen unter ihm waren seine Diener. Die Diener nennen wir auch **Vasallen**. Wenn ein Vasall in einem Krieg gut gedient hat, konnte er vom König ein Lehen bekommen. Ein **Lehen** war ein Stück Land oder ein Amt. Der Empfänger wurde ein **Lehnsmann**. Er war seinem **Lehnsherrn** im Gegenzug zu **Dienst und Treue** verpflichtet.

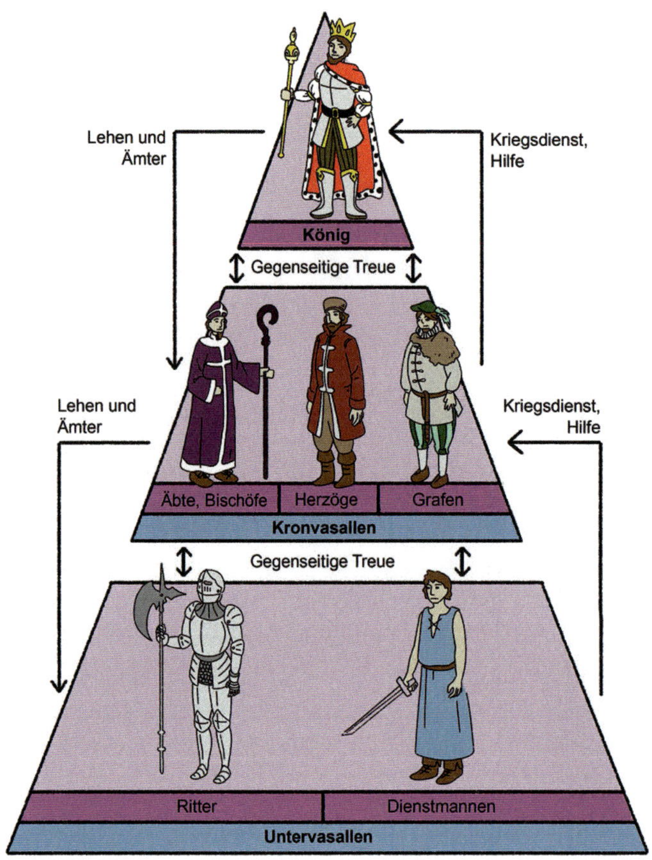

→
- der König
- der Vasall
- das Lehen
- der Lehns-mann
- der Lehnsherr
- ein Lehen vergeben

- der Dienst,
- die Treue,
- jemandem Treue schwö-ren,
- jemandem dienen

▶ Video

1 Wie funktionierte das Lehnswesen? Verbinde die passenden Satzhälften.

Der König vergibt ...	den Kronvasallen und schwören ihnen Treue.
Die Kronvasallen dienen ...	Lehen und Ämter an die Kronvasallen.
Die Kronvasallen vergeben ...	dem König und schwören ihm Treue.
Die Untervasallen dienen ...	zu Dienst und Treue verpflichtet.
Alle Vasallen sind ...	Lehen und Ämter an die Untervasallen.

Die Grundherrschaft

Ich bin ein **freier Bauer**.
Ich bearbeite meinen **eigenen Hof** mit Feldern und Garten. Ich versorge meine Tiere.
Aber fast jedes Jahr **muss ich Kriegsdienst leisten**. Dafür bekomme ich kein Geld, und meine **Ausrüstung** muss ich auch **selbst besorgen**. Wenn ich weg bin, kann ich mich nicht um meinen Hof kümmern. Wenn ich dieses Jahr wieder in den Krieg ziehen muss, weiß ich nicht mehr, wie es weiter gehen soll.

Mach es wie ich: Ich konnte auch nicht mehr! Alles habe ich meinem Grundherrn übertragen und bin mit meiner Familie sein **„Unfreier“** geworden. Nun **muss ich nicht mehr in den Krieg ziehen**.
Dafür muss ich allerdings **Abgaben zahlen** und **Frondienste leisten**.

1 Welche Vorteile und welche Nachteile hatten freie Bauern und unfreie Bauern?

	freie Bauern	**unfreie Bauern**
Vorteile	*eigener Hof*	*kein eigener Hof*
Nachteile		

Das Leben auf dem Land

Im frühen Mittelalter gab es nur wenige Städte.
Die Menschen lebten hauptsächlich als Bauern in kleinen Dörfern.

1 Was ist auf dem Bild zu sehen?
Ergänze die Sätze mit den passenden Wörtern.

Auf dem Bild sieht man ein mittelalterliches ______________ . →

In der Mitte des Dorfes steht die ______________ .

Um das Dorf herum sind ______________ .

Die Wälder und Wiesen gehören der ganzen ______________ ______________ . Auf dem Feld ______________ die Bauern.

Auf der Wiese ______________ Schafe und Kühe.

Im Hintergrund ist ein ______________ zu sehen.

- arbeiten
- ernten
- Dorf
- Dorfgemein-schaft
- Felder und Wiesen
- Kirche
- Kloster
- weiden

So lebten die Bauern

Der Alltag der Bauern war durch den **Lauf der Jahreszeiten** bestimmt. Im Frühjahr bestellten sie die Äcker, pflügten und säten aus. Im Sommer zur **Erntezeit** gab es besonders viel zu tun. Im Herbst wurden die Schweine in den Wäldern mit Eicheln gefüttert. Im Winter wurden die Schweine geschlachtet. Die **Feldarbeit** und die **Versorgung der Tiere** bestimmten das Leben.

Das Leben auf dem Land

Das Bild zeigt die Tätigkeiten der Bauern im Mittelalter.

- Getreide aussäen
- Getreide ernten
- Getreide dreschen
- Heu ernten
- Weintrauben (mit Füßen) auspressen
- Schafe scheren
- Schweine füttern
- Schweine schlachten

2 Welche Tätigkeiten erkennst du auf dem Bild?

Alle mussten mithelfen

▶ Audio

1 Nicht nur die Erwachsenen mussten schwer arbeiten.
2 Auch die Kinder mussten mithelfen. Sie erledigten kleinere Arbeiten:
3 **Kühe oder Schweine hüten**, **Holz und Beeren sammeln**.
4 Wenn sie älter wurden, mussten sie **auf dem Acker helfen**.
5 Mit etwa zehn Jahren konnten sie schon gut mit den Tieren und
6 den Ackergeräten umgehen. Zur Schule gingen sie nicht.

3 Was waren die Aufgaben der Kinder damals?

4 Was sind deine Aufgaben heute? Schreibe auf ein extra Blatt.

Die Menschen im Kloster lebten nach strengen Regeln.
Beten und Arbeiten – davon war das Leben im Kloster bestimmt.

1 Sieh dir die folgenden Bilder an. Welche Tätigkeiten erkennst du?

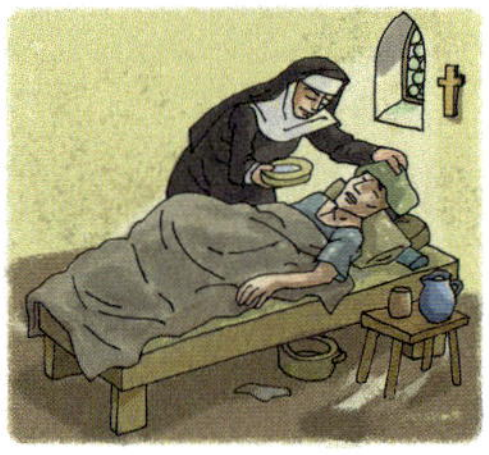

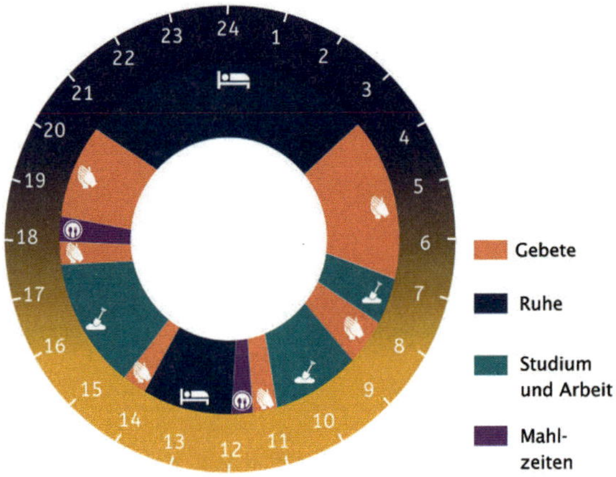

2 Lies den Text. Wende dabei den Lese-Profi an.

▶ Der Lese-Profi Seite 90

Beten und Arbeiten

Das Leben im Mittelalter war vom Glauben bestimmt. **Beten** war ein fester Bestandteil des Alltags der Menschen. Die Menschen im Kloster lebten **nach strengen Regeln.** Männer (Mönche) und Frauen (Nonnen) lebten getrennt. Es gab verschiedene Orden für **Mönche** und für **Nonnen**.

Die Mönche und Nonnen mussten viel arbeiten. In **Werkstätten** arbeiteten Mönche als Schreiner oder als Zimmermann. Einige Klöster hatten große **Gärten mit Heilpflanzen** und Obstbäumen. Viele Klöster hatten ein **Krankenhaus**. Dort wurden kranke und arme Menschen gepflegt. Fast jedes Kloster hatte eine **Klosterschule**. Das war etwas Besonderes: damals lernten nur wenige Menschen lesen und schreiben. Adelige schickten oft ein oder mehrere Kinder ins Kloster.

3 Was machen die Mönche und Nonnen auf den Bildern? Schreibe die passenden Tätigkeiten unter die Bildern.

▶ Quiz

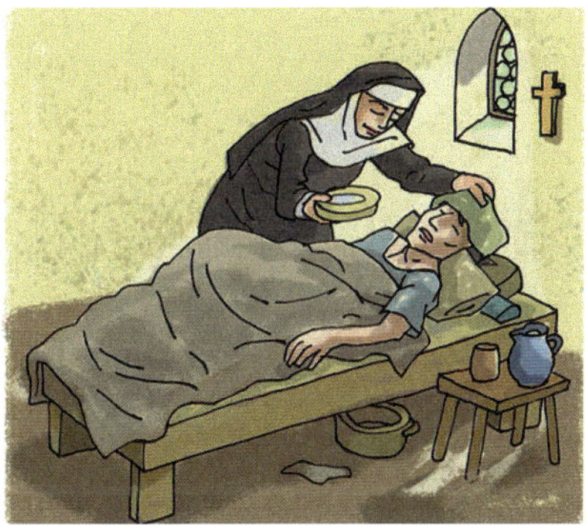

→
- kranke Menschen pflegen
- im Klostergarten arbeiten
- in der Werkstatt arbeiten
- Kinder unterrichten

4 Sieh dir die Grafik über den Tagesablauf im Kloster an.

a) Wann mussten die Menschen im Kloster aufstehen?

b) Wie oft mussten sie am Tag beten?

c) Wann mussten sie arbeiten?

Aktiv: Buchstaben kunstvoll gestalten

Im Mittelalter wurden die Bücher in den Schreibstuben der Klöster von Hand geschrieben oder abgeschrieben.

Die Initialen

Den Schreibern war es sehr wichtig, **gleichmäßig** und **schön** zu **schreiben**. Außerdem verzierten sie die Bücher kunstvoll mit farbigen Bildern. Eine besondere Kunst war **das Verzieren der Anfangsbuchstaben**, der Initialen. In den Buchstaben wurden Bilder hineingemalt, die mit dem Thema zu tun hatten. Der Buchstabe wurde mit **Ornamenten** (=Verzierungen) ausgeschmückt oder der Buchstabe wurde selbst zu einem Hauptgegenstand in einer gemalten Szene.

Aktiv: Buchstaben kunstvoll gestalten

So kannst du ein Lesezeichen mit deiner Initiale herstellen.

Schneide aus Pappe ein Lesezeichen in der Größe der Vorlage aus.

a) Schreibe den Anfangsbuchstaben deines Namens auf das Lesezeichen.

b) Überlege dir, wie du deine Initiale verzieren möchtest:
- mit Bildern, die etwas über dich aussagen,
- mit Ornamenten,
- als Teil eines ganzen Bildes.

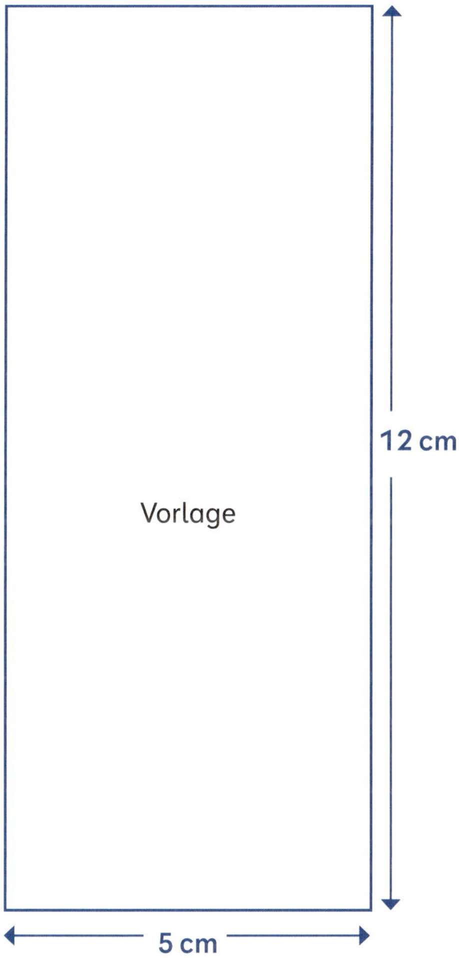

Christopher hat sein Lesezeichen mit seiner Initiale „C“ gestaltet. So sieht sein fertiges Lesezeichen aus.

1 Gestalte dein eigenes Lesezeichen mit deiner Initiale.

Das kann ich!

1 Kreuze an: richtig oder falsch?

	richtig	falsch
In Deutschland findest du an vielen Orten ~~Höhlen~~ Burgen aus dem Mittelalter.	☒	☐
Eine Burg betrat man meist über die Zugbrücke.	☐	☐
Im Mittelalter war das Leben anders als heute.	☐	☐
Im Mittelalter war von der Geburt an klar, welchem Stand man angehörte.	☐	☐
Die Augenfarbe war im Mittelalter ein Zeichen dafür, zu welchem Stand man gehörte.	☐	☐
Karl der Große wurde im Jahr 800 vom Papst zum König gekrönt.	☐	☐
An der Spitze der Gesellschaft stand der Ritter.	☐	☐
Die unfreien Bauern hatten einen eigenen Hof.	☐	☐
Glauben bestimmte das Leben im Mittelalter.	☐	☐

2 Verbessere die falschen Aussagen wie im Beispiel oben.

3 Was gehört zusammen? Bilde sinnvolle Sätze.

Die meisten Menschen im Mittelalter ...	lebten arbeiteten wohnten	in einem Kloster.
Mönche und Nonnen ...		auf einer Burg.
Der Burgherr, seine Familie und die Bediensteten ...		auf dem Land.

Schreibe die Sätze auf ein extra Blatt auf.

☺ Das kann ich!

4 Löse das Kreuzworträtsel.

1. Er herrscht über alle Menschen in seinem Reich.
2. Ein bedeutendes Volk im Mittelalter.
3. Hier wohnten die Ritter und ihre Bedienstete.
4. Frauen, die in einem Kloster leben.
5. Ein Stand im Mittelalter. Sie sollten „beschützen“.
6. Er herrscht über die Burgbewohner.
7. Ein wichtiges Zeichen der Macht.
8. Sie wohnten auf einer Burg. Zu Kriegszeiten kämpften sie.
9. Ein Stand im Mittelalter. Sie sollten arbeiten und
   für Nahrung sorgen.
10. Ein Stand im Mittelalter. Sie sollten beten und predigen.
11. Männer, die in einem Kloster leben.
12. Das vergab der König für seine Vasallen.
13. Ein anderes Wort für „Anfangsbuchstaben“.
14. Bauern, die Abgaben leisten müssen, sind ...
15. Hier wohnten die Mönche oder die Nonnen.

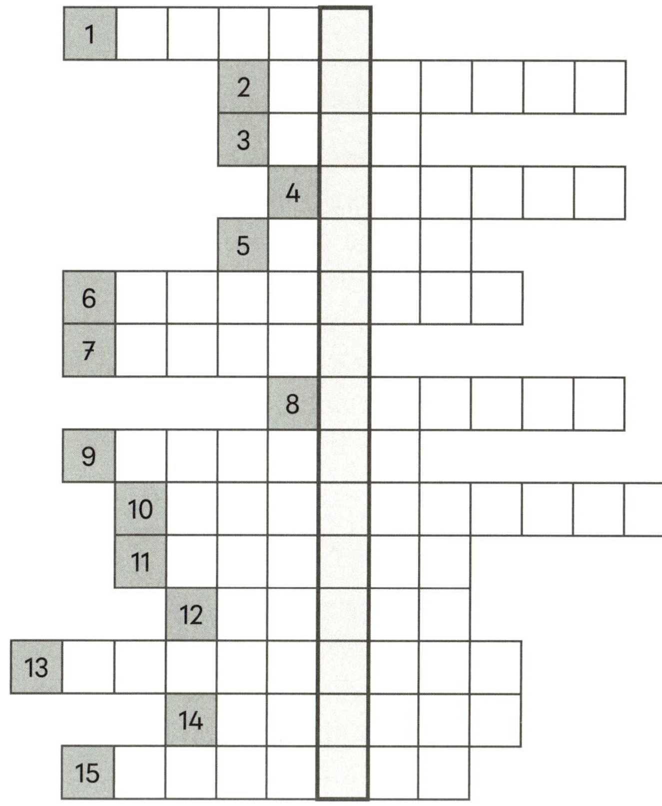

Meine Wörter

▶ Teste dich!

Nomen	Verben
der Adel, die Adeligen der Bauer, die Bauern die Burg der Geistliche, die Geistlichen (Plural) die Grundherrschaft der Kaiser, der König der Krieg das Lehen, das Lehnswesen das Mittelalter der Ritter der Schutz der Stand, die Stände	arbeiten beten ernten herrschen kämpfen lesen predigen reiten schreiben schützen verteidigen
Adjektive	**Redemittel**
christlich, fromm, frei, unfrei mächtig, mittelalterlich	Abgaben zahlen Frondienst leisten jemandem Treue schwören

Lesen mit dem Lese-Profi

Der Lese-Profi hilft mir beim Lesen und Verstehen von Texten.

1 Vor dem Lesen

a) Ich sehe mir die Bilder an.
Was sagen mir die Bilder?

b) Ich lese die Überschrift.
Was könnte in dem Text stehen?
Was kenne ich schon?

c) Ich sehe mir den ganzen Text an.
- Wie viele Abschnitte hat der Text?
- Welche **Schlüsselwörter** erkenne ich?

2 Beim Lesen

a) Ich lese die **Schlüsselwörter**.
Was verraten mir die Schlüsselwörter?

b) Ich lese den Text einmal durch.
Was weiß ich jetzt?

c) Ich lese den Text genau.
- Welche Wörter kenne ich nicht?
- Wo finde ich Erklärungen?
- Was steht in den Abschnitten?
- Was weiß ich nun über den ganzen Text?

3 Nach dem Lesen

a) Ich kann etwas zum Text aufschreiben.
- Was finde ich wichtig?
- Was soll ich tun?

b) Ich überlege zum Schluss:
- Was habe ich gut gemacht?
- Was nehme ich mir aus dem Text mit?

Fachmethode: Der Karten-Profi

Der Karten-Profi hilft mir eine Karte zu verstehen.
So lese ich eine Karte.

1 Die Karte hat eine Überschrift

Die Überschrift sagt mir etwas über den Inhalt der Karte.
Ich lese die Überschrift.
- Was ist auf der Karte abgebildet?

2 Die Karte hat eine Legende.

Die Legende hilft mir die Karte zu verstehen.
Ich lese die Legende.
- Was bedeuten die Farben?
- Was bedeuten die Linien?
- Was bedeuten die Zeichen?

3 Die Karte hat einen Maßstab.

Der Maßstab hilft mir, die Entfernungen
auf der Karte zu berechnen.
- Wie viel Kilometer sind 1 cm auf der Karte?
- Ich prüfe es auf dem Maßstab.
- Ich berechne die Entfernung.

4 Ich habe mir die Karte genau angesehen.

Ich habe die Legende gelesen.
Jetzt kann ich aufschreiben, was die Karte zeigt.
- Was sehe ich auf der Karte?

Methoden zum Nachschlagen

Was kann ich tun, wenn ich ein Wort im Text nicht verstehe?

Unbekannte Wörter klären

Ich lese ein Wort, das ich nicht verstehe.

Ich will wissen, was das Wort bedeutet.

Das kann ich machen:
- Ich lese den Satz noch einmal. Ich versuche, das Wort aus dem Zusammenhang zu verstehen.
- Ich frage ein anderes Kind.
- Ich suche die Bedeutung des Wortes in einem Wörterbuch oder im Internet.
- Ich frage meine Lehrerin oder meinen Lehrer.

**Ich soll Informationen zu einem Thema einholen.
Wo finde ich Hilfe? Wie gehe ich vor?**

In einem Lexikon nachschlagen

- Ich gehe in die Schulbibliothek oder in die Stadtbibliothek.
- Ich wähle ein Lexikon aus.

In dem Lexikon sind die Begriffe nach dem Alphabet geordnet.
- Ich suche den Begriff: z. B. **der Faustkeil**
- Ich lese den Text durch.
- Ich mache mir Notizen.

Informationen im Internet suchen

- Ich starte ein Suchprogramm (z. B. https://www.fragfinn.de/).
- Ich gebe in das Suchfeld den Begriff ein: z. B. **der Faustkeil**

Es erscheinen mehrere Seiten zum Inhalt.
- Ich wähle eine Seite aus.
- Ich lese den Text durch.
- Ich mache mir Notizen.

Die folgenden Schritte helfen euch eine Erkundung durchzuführen.

Eine Erkundung planen und durchführen

1. Schritt: Die Erkundung vorbereiten

- Wir besprechen in der Klasse gemeinsam:
  - Was wollen wir erkunden?
  - Wie kommen wir dorthin?
- Wir stellen einen Arbeitsplan auf:
  - Welches Material brauchen wir?
  - Wer macht Fotos?
  - Wer schreibt alles auf?

2. Schritt: Die Erkundung durchführen

- Wir gehen oder fahren gemeinsam zu unserem Ziel.
- Wir nehmen unser Material mit.
- Wir denken an unsere Aufgaben:
  - Beobachten
  - Fotos machen
  - Alles aufschreiben, was wir sehen.

3. Schritt: Die Ergebnisse präsentieren

- Wir zeichnen die erkundete Umgebung auf.
- Wir wählen Fotos aus.
- Wir kleben die Fotos auf und beschriften sie.

Die folgenden Schritte helfen dir, eine Befragung durchzuführen.

Eine Befragung planen und durchführen

1. Schritt: Die Vorbereitung
Ich überlege, wen ich aus der Familie befragen könnte.
Ich überlege, was ich erfahren möchte, und notiere meine Fragen.

2. Schritt: Die Durchführung
Ich frage höflich, ob die Person Zeit für mich hat.
Ich stelle meine Fragen und höre aufmerksam zu.
Ich notiere in Stichworten, was die Person erzählt.

3. Schritt: Zum Schluss
Ich bedanke mich für das Gespräch.

Mit einem Plakat könnt ihr eure Arbeitsergebnisse zeigen.
Ihr könnt ein Plakat einzeln, in Partnerarbeit oder in der Gruppe erstellen.

Ein Plakat gestalten

- Wir **brauchen** ein großes Blatt **Papier** und dicke **Stifte**.
- Wir finden eine passende **Überschrift**.
- Wir entscheiden, welche **Informationen**/Regeln wichtig sind.
- Wir **schreiben groß** und gut **lesbar**.

Notizen können beim Vortragen helfen.

Notizen machen

- Ich **brauche Karteikarten** und einen **Stift**.
- Ich **schreibe** auf jede Karte **Wörter zum Thema**.
- Ich kann dazu auch Bilder malen.
- Ich **nummeriere** die Karten in der richtigen Reihenfolge.

Bildquellen

Cover: Illustration: Cornelsen/Nils Fliegner; Umsetzung: Rosendahl, Berlin.
Seitenvignetten: Cornelsen/Raimo Bergt
Abbildungen: **S. 1/unten links**: Cornelsen/Inhouse/Anne Weingarten; **S. 4/mitte**: Cornelsen/Vera Brüggemann; **S. 4/unten**: Cornelsen/Joana Stratmann; **S. 5/mitte**: Shutterstock.com/Vitalii Gaidukov; **S. 5/unten**: Cornelsen/Manuela Ostadal; **S. 6/Fotos** (1–6): Christine Fink; **S. 7**: Cornelsen/Gregor Mecklenburg; **S. 10/1**: Cornelsen/Joana Stratmann; **S. 10/2**: mauritius images/Pixtal; **S. 10/3**: akg-images/Balage Balogh/archaeologyillustrated.com; **S. 10/4**: akg-images/Giuseppe Rava; **S. 10/5**: Imago Stock & People GmbH/Jochen Tack; **S. 14/mitte**: Shutterstock.com/Slavenko; **S. 14/mitte oben**: Imago Stock & People GmbH/F. Berger; **S. 14/mitte rechts**: stock.adobe.com/LiliGraphie; **S. 14/oben links**: akg-images/Schadach; **S. 14/oben rechts**: Shutterstock.com/SpeedKingz; **S. 14/unten links**: akg-images; **S. 14/unten links**: Bridgeman Images/Photo © Zev Radovan; **S. 14/unten mitte**: stock.adobe.com/kmiragaya; **S. 16/oben links**: mauritius images/Pixtal; **S. 16/oben rechts**: akg-images/Giuseppe Rava; **S. 16/unten links**: akg-images/Balage Balogh/archaeologyillustrated.com; **S. 16/unten rechts**: Imago Stock & People GmbH/Jochen Tack; **S. 31/oben rechts**: Imago Stock & People GmbH/Jochen Tack; **S. 32/oben mitte**: Cornelsen/Hans Wunderlich; **S. 32/unten mitte**: Cornelsen/Joana Stratmann; **S. 32/unten rechts**: Cornelsen/Hans Wunderlich; **S. 33**: Cornelsen/Hans Wunderlich; **S. 34**: Cornelsen/Carlos Borrell Eiköter; **S. 35**: Cornelsen/Carsten Märtin; **S. 38/oben links**: Egyptian National Museum, Cairo, Egypt/Bridgeman Images; **S. 38/unten rechts**: Cornelsen/Hans Wunderlich; **S. 40**: Cornelsen/Carsten Märtin; **S. 42**: Cornelsen/Carsten Märtin; **S. 43/1**: Cornelsen/Carsten Märtin; **S. 43/2**: Bridgeman Images/British Museum, London, UK; **S. 45/oben links**: Cornelsen/Carsten Märtin; **S. 46/oben links**: mauritius images/Peregrine/Alamy/Alamy Stock Photos; **S. 46/oben rechts**: mauritius images/PCN Photography/Alamy/Alamy Stock Photos; **S. 49/mitte**: mauritius images/Science Source; **S. 49/oben links**: akg-images/akg-images/Pictures From History; **S. 49/oben rechts**: akg-images/Erich Lessing; **S. 49/unten**: akg-images/Erich Lessing; **S. 53**: Cornelsen/Gregor Mecklenburg; **S. 58/unten links**: akg-images/Erich Lessing; **S. 58/unten mitte**: akg-images/Erich Lessing; **S. 58/unten mitte**: mauritius images/Science Source; **S. 60/mitte links**: stock.adobe.com/sborisov; **S. 60/mitte rechts**: akg-images/De Agostini Picture Lib./A. Dagli Orti; **S. 60/oben links**: stock.adobe.com/fabiomax; **S. 60/oben rechts**: stock.adobe.com/Luciano Mortula-LGM; **S. 61**/Circus Maximus: akg-images/De Agostini Picture Lib./A. Dagli Orti; **S. 61**/Forum Romanum: stock.adobe.com/Luciano Mortula-LGM; **S. 61**/Kolosseum: stock.adobe.com/fabiomax; **S. 61**/Pantheon: stock.adobe.com/sborisov; **S. 62**: Cornelsen/Anna Mars; **S. 63/mitte**: Shutterstock.com/Croato; **S. 63/oben rechts**: Cornelsen/Hans Wunderlich; **S. 70**/Gefäße: Shutterstock.com/Zhuravlev Andrey; **S. 70**/Glas: bpk/RMN - Grand Palais/Hervé Lewandowski; **S. 70**/Kutsche: akg-images/akg-images/Bildarchiv Steffens; **S. 70**/Limes: akg-images/akg-images/Bildarchiv Steffens; **S. 70**/Münze: bpk/Münzkabinett, SMB/Lutz-Jürgen Lübke; **S. 70**/Spiel: akg-images/Album/Prisma; **S. 70**/Tonkrug: Shutterstock.com/Zhuravlev Andrey; **S. 74/oben**: interfoto e.k./Danita Delimont/Miva Stock; **S. 74/unten mitte**: bpk/Germanisches Nationalmuseum/Dirk Meßberger; **S. 76**: bpk/Germanisches Nationalmuseum/Dirk Meßberger; **S. 78**: akg-images; **S. 80**: Cornelsen/Nicole Rademacher; **S. 82**: Cornelsen/Michael Teßmer; **S. 83**: akg-images; **S. 86**: akg-images; **S.87**: Christine Fink; **S. 94/mitte**: Cornelsen/Peter Wirtz; **S. 96/unten links**: PEFC Deutschland e.V.

Illustrationen, Grafiken, Karten
Cornelsen/**Raimo Bergt**: S. 4/oben; S. 8; S. 11; S. 12; S. 13; S. 14/mitte links; S. 24/unten; S. 41; S. 45
Cornelsen/**Thomas Binder**: S. 5/oben; S. 18/mitte; S. 18/unten mitte; S. 20; S. 21; S. 22; S. 24/oben; S. 26; S. 27; S. 28; S. 29; S. 30; S. 31/oben links; S. 36; S. 37; S. 46/unten mitte; S. 47; S. 50; S. 51; S. 52; S. 56; S. 57; S. 58/2; S. 59; S. 60/unten rechts; S. 64; S. 65; S. 75; S. 79; S. 81; S. 84; S. 85.
Cornelsen/**Carlos Borrell Eiköter**: S. 48; S. 66; S. 69; S. 77
Cornelsen/**Dieter Stade**: S. 18; S. 32; S. 46; S. 54; S. 55; S. 60; S. 67; S. 74.

Klick! 1
Geschichte

Redaktion: Terezia Edit Petö

Digitale Medien: Sophia Hofmann, Matthias Vogel
Umschlaggestaltung: Anja Rosendahl, Berlin
Umschlagillustration: Nils Fliegner, Hamburg
Layout, Grafik und technische Umsetzung: Klein & Halm Grafikdesign, Berlin

www.cornelsen.de

Soweit in diesem Lehrwerk Personen fotografisch abgebildet sind und ihnen von der Redaktion fiktive Namen, Berufe, Dialoge und Ähnliches zugeordnet oder diese Personen in bestimmte Kontexte gesetzt werden, dienen diese Zuordnungen und Darstellungen ausschließlich der Veranschaulichung und dem besseren Verständnis des Inhalts.

Die Cornelsen Lernen App ist eine fakultative Ergänzung zu Klick! Geschichte, Erdkunde, Politik, die die inhaltliche Arbeit begleitet und unterstützt. Als solche unterliegt sie nicht der Genehmigungspflicht.
Die enthaltenen Links verweisen auf digitale Inhalte, die der Verlag bei verlagsseitigen Angeboten in eigener Verantwortung zur Verfügung stellt. Links auf Angebote Dritter wurden nach den gleichen Qualitätskriterien wie die verlagsseitigen Angebote ausgewählt und bei Erstellung des Lernmittels sorgfältig geprüft. Für spätere Änderungen der verknüpften Inhalte kann keine Verantwortung übernommen werden.

1. Auflage, 1. Druck 2025

Alle Drucke dieser Auflage sind inhaltlich unverändert und können im Unterricht nebeneinander verwendet werden.

© 2025 Cornelsen Verlag GmbH, Mecklenburgische Str. 53, 14197 Berlin,
E-Mail: service@cornelsen.de

Das Werk und seine Teile sind urheberrechtlich geschützt.
Jede Nutzung in anderen als den gesetzlich zugelassenen Fällen bedarf der vorherigen schriftlichen Einwilligung des Verlages. Hinweis zu §§ 60 a, 60 b UrhG:
Weder das Werk noch seine Teile dürfen ohne eine solche Einwilligung an Schulen oder in Unterrichts- und Lehrmedien (§ 60 b Abs. 3 UrhG) vervielfältigt, insbesondere kopiert oder eingescannt, verbreitet oder in ein Netzwerk eingestellt oder sonst öffentlich zugänglich gemacht oder wiedergegeben werden. Dies gilt auch für Intranets von Schulen und anderen Bildungseinrichtungen.

Der Anbieter behält sich eine Nutzung der Inhalte für Text- und Data-Mining im Sinne § 44 b UrhG ausdrücklich vor.

Druck: Athesiadruck GmbH, Bozen

ISBN 978-3-06-066376-7

PEFC
PEFC/18-31-166

PEFC-zertifiziert
Dieses Produkt stammt aus nachhaltig bewirtschafteten Wäldern und kontrollierten Quellen
www.pefc.de